UNE VIEILLE MAITRESSE.

OUVRAGES DU MÊME AUTEUR.

L'AMOUR IMPOSSIBLE . . . . 1 vol.

LA BAGUE D'ANNIBAL . . . . 1 vol.

DU DANDYSME ET DE GEORGES BRUMMEL . . 1 vol.

Impr. de E. Dépée, à Sceaux.

UNE

VIEILLE MAITRESSE

PAR

JULES BARBEY D'AUREVILLY.

Perseverare... diabolicum.

— LES ASCÈTES. —

Les Rois de la terre, — et Dieu même, — récompensent la fidélité.

— ANONYME. —

I

PARIS
ALEXANDRE CADOT, ÉDITEUR,
32, RUE DE LA HARPE

1851

A MONSIEUR

le Vicomte Joseph d'Izarn-Fréissinet.

—

Voici, vicomte, cette Vieille Maîtresse que je vous ai dédiée quand elle n'était encore, comme l'opéra de Gluck, dans Hoffmann, qu'un cahier de papier blanc. Elle est restée longtemps inachevée sous votre regard bienveillant et curieux. Hélas ! en tout les premiers moments sont si beaux qu'on a peut-être tort d'achever les livres qu'on commence. Le mien qui s'est trouvé fini par je ne sais quelle inexplicable persévérance, prend votre nom pour son étoile. Qu'il vous plaise à vous, esprit difficile, éprouvé, sybarite de l'intelligence, et pour moi tout sera dit; mais vous plaira-t-il? J'ai l'inquiétude des ambitieux et des coquettes. Vous qui êtes profond, — sans y tenir, — comme si vous n'étiez pas brillant, et brillant comme si vous n'étiez pas profond — sans avoir l'air d'y tenir davantage, — trouverez-vous un peu de peinture vraie et d'observation réelle dans ce livre que je vous dédie? Trouverez-vous que ce sont là des portraits qui marchent et que j'ai un peu éclairé, à ma manière, ces obscurs replis entortillés et redoublés de l'âme humaine, que tous les penseurs du monde déroulent et détirent, chacun de son côté, et qui se rétractent tant sous leurs efforts ?... Jugez-en. Mon succès sera surtout la faveur de votre opinion. Je ne rêve plus grand'-chose maintenant, même la gloire. J'ai trop perdu de plomb à tirer les hirondelles sur les rivières pour bien viser ce bel *Oiseau Bleu* moqueur, *couleur du temps*, qui ne *vient à nous promptement* que dans les contes. Je l'y ai laissé. Je troquerais toutes les plumes de ses ailes pour votre seule approbation. Je la choisirais entre toutes les autres en me rappelant l'épigramme de Goëthe : « Que le sable reste le sable, mais la pierre précieuse est à moi. »

Jules A. Barbey d'Aurevilly.

Paris, ce 5 mars 1849.

I

Un Thé de Douairières.

Une nuit de février 183..., le vent sifflait et jetait la pluie contre les vitres d'un appartement, situé rue de Varennes, et meublé avec toutes les mignardes élégances de ce temps d'égoïsme sans grandeur. Cet appartement, — boudoir dessiné en forme de tente, — était gris de lin et rose pâle, et il était aussi chaud, aussi odorant, aussi ouaté que l'intérieur d'un manchon.

C'était le boudoir d'une femme qui n'avait jamais boudé infiniment, mais qui ne boudait plus du tout, — de la vieille marquise de Flers.

Une petite table en laque de Chine, couverte de porcelaines du Japon, était placée devant un large feu qui achevait de se consumer en braise ardente. La théière ouverte attendait l'infusion parfumée. La bouilloire d'argent bruissait,... rêveur murmure qu'a chanté Wordsworth, le lakiste, quoique ce ne fût point le bruit d'un lac.

Aux deux angles de la cheminée, dans de grands fauteuils de velours violet, deux femmes, vieilles toutes deux, au front carré, encadré de cheveux gris lissés, l'air patricien, — physionomie de plus en plus rare, — causaient peut-être depuis longtemps. Elles ne travaillaient pas; elles étaient oisives; mais le *rien-faire* sied à la vieillesse, surtout quand elle a cette dignité. Entre ces deux nobles et antiques cariatides, entre ces vieilles aux mains luisantes et polies comme la porcelaine dans laquelle elles allaient boire leur thé, il y avait capricieusement assise sur un coussin de divan, à leurs pieds, une jeune fille dont le profil, éclairé par l'écarlate reflet de la braise, ressemblait à la belle médaille grecque qui représente Syracuse, non sur du bronze alors, mais sur un fond d'or enflammé. Elle avait travaillé tout le soir en silence. Mais la soirée s'avançant toujours, fatiguée de son éternelle tapisserie, elle l'avait laissée rouler de ses mains avec une nonchalance douloureuse. Puis elle s'était levée, avait pris la bouilloire au foyer et s'était mise à verser l'eau fumante sur les feuilles qui devaient l'ambrer doucement de leurs parfums.

Cette belle tête pâle, les cils baissés, le front grossi par l'attente, les sourcils froncés, la bouche sérieuse, aperçue à travers la vapeur qui s'élevait de la théière, était d'une beauté presque aussi grandiose et aussi tragique que celle d'une magicienne composant un philtre.

Hélas! de philtre, elle n'en composait pas..., mais elle en avait bu un qui lui semblait amer à cette heure, et qui donnait à son visage la cruelle expression qui l'animait.

— Il ne viendra pas, mon enfant, — dit une des vieilles, la marquise de Flers, — voici qu'il est minuit, et il avait promis d'être ici à dix heures. Il aura été retenu à son cercle par ses amis.

— Peut-être va-t-il venir encore, — répondit la jeune fille d'un ton désespéré, mais au fond duquel il y avait comme une prière que sa grand'mère entendit.

— Non, il ne viendra pas, reprit la marquise d'un ton absolu, mais sans dureté. Et quand il viendrait, ma chère Hermangarde, je ne veux pas qu'il te trouve ici maintenant. Il sait qu'à minuit tu rentres chez toi quand je ne reçois pas. En te voyant, il s'imaginerait que tu l'as attendu. Il croirait qu'il bouleverse tes habitudes. Vraiment, ce serait trop tôt déjà ! L'amour le plus sincère n'est pas exempt de fatuité. Souhaite le bonsoir à madame d'Artelles et va fermer ces grands yeux bleus auxquels je défends de pleurer.

— Votre grand'mère a raison, ma chère Hermangarde, — dit la comtesse d'Artelles à son tour avec une gravité froide qui tranchait sur le ton aimable de madame de Flers.

Écrasée sous la double opinion de ces deux vénérables Sagesses, Hermangarde obéit sans répondre. Quelque parisienne que l'on soit, quand on est très bien élevée, on a une petite obéissance dont le silence est presque romain. C'est l'avantage des filles comme il faut sur les filles qui ne le sont pas. Les enfants trop aimés des bourgeois murmurent toujours. D'ailleurs, Hermangarde était digne de son nom carlovingien. Elle était fière ; fière et tendre, combinaison funeste ! Les grandes choses manquant à leur vie, les jeunes filles ne peuvent marquer leur fierté que dans les détails. Hermangarde ne demanda donc point qu'on eût pitié d'une attente trompée en lui permettant de la prolonger. Si sa grand'mère avait été seule, peut-être aurait-elle insisté ; mais madame d'Artelles était là. Elle ramassa lentement sa tapisserie, — la plia plus lentement encore, —sonna sa femme de chambre d'un bras paresseux. Elle gagnait du temps à être lente, mais le temps inexorable devait passer... passer en vain. Elle embrassa madame d'Artelles,—puis, sa grand'mère qui lui prit les tempes par-dessus ses bandeaux dorés, en lui disant avec une gaîté qui était aussi une mélancolie :

— Repose en paix, ma pauvre fille; tu as pour toute ressource de le bien bouder demain.

— C'est une ressource dont elle n'usera pas, dit la comtesse quand la jeune fille fut partie. Elle l'aime, hélas! bien trop pour cela. Réellement, je suis effrayée de cet amour, ma chère marquise. Il est trop violent.

— C'est de l'effroi de trop, comtesse; — répliqua la marquise. — Quel danger y a-t-il à aimer bien fort l'homme qu'on doit épouser dans un mois?

— Eh, eh! dit la comtesse. Il y a toujours du danger à aimer un homme. Nous ne sommes pas vieilles pour rien, ma chère, et vous devriez savoir cela. L'amour, n'importe pour qui, est un jeu terrible, mais c'est presque une partie perdue quand l'homme qui l'inspire ne présente plus de garanties de caractère que votre futur petit-fils.

— Vous lui en voulez donc beaucoup? répondit la marquise avec un reproche moqueur.

— A lui, ma chère? — dit la comtesse. Non, certes, ce n'est pas à lui que j'en veux! Mais lui, il fait son métier d'homme. Il joue sa comédie de sentiment; il flatte, il rampe, il éblouit, il fascine. On s'y prend; les jeunes filles et même les mères. Seulement les grand'-mères ne devraient-elles pas un peu se sauver de la séduction universelle?

— Il paraît donc que je suis plus jeune que mon âge, dit madame de Flers avec son imperturbable bonne humeur, car j'ai été prise comme toutes les autres, et tellement prise, ma très chère belle, que toutes vos préventions sinistres n'ont pas le pouvoir de m'effrayer.

— Quoi! — répondit madame d'Artelles, en montant sa voix d'une octave, — à la veille de marier cette chère enfant, vous n'éprouvez pas la moindre anxiété, le moindre trouble!

— Je n'ai jamais été plus calme, — répondit madame de Flers, majestueuse d'ironie.

— Alors, ma chère, — s'écria madame d'Artelles confondue, — vous avez la tête encore plus perdue qu'Hermangarde!

— N'est-ce pas? dit en riant doucement la marquise. Tenez, prenez une tasse de thé, ma chère. — Et l'aimable femme allongea sa main restée belle au bout d'un bras qui avait été beau; inclina la théière et versa le breuvage musqué dans la tasse de son amie, comme pour lui faire digérer, — ce qu'évidemment elle ne digérait pas, — le mariage de la petite-fille et le calme de la grand'mère.

— Oui, vous avez la tête encore plus perdue qu'Hermangarde, — reprit la comtesse, tenant à justifier jusqu'au bout ses étonnements et ses craintes, — car vous êtes du monde, et d'ordinaire vous en écoutez mieux la voix. Or le monde a sur le futur mari de votre fille les opinions les plus tranchées, les plus répandues et malheureusement les moins flatteuses. On dit que c'est un joueur qui a jeté aux quatre vents du ciel et des tapis verts tout ce qu'il avait, si jamais il a eu quelque chose. C'est un homme qui a toujours vécu comme un aventurier et qui s'en vante ! C'est enfin un libertin effréné qui a compromis une foule de femmes dont vous savez les noms aussi bien que moi, ma chère. Ai-je besoin de vous défiler ce chapelet ?

— Oui, défilez ! défilez ! interrompit la marquise. Ce sera plus gai que toutes vos moralités. On irait plus souvent au sermon si on y disait les noms propres.

— Je ne sermonne point, ma chère. Pourquoi cette légèreté et cette injustice? dit madame d'Artelles, sans fâcherie, mais tenant sa gravité et ne voulant pas s'en départir, pourquoi sermonnerais-je? Je ne suis pas dévote. Jeune, je n'étais pas prude; vieille, je ne me soucie pas d'être pédante. J'ai vécu à peu près comme vous, moins le bonheur dans le mariage que vous avez eu et que j'ai manqué. A cela près, nous avons appris la vie des mêmes maîtres. Nous avons vu le même monde. Nous avions les mêmes goûts et presque les mêmes sentiments. Cette fabuleuse chimère d'une amitié entre femmes et d'une amitié qui dure quarante ans en se voyant tous les jours, n'est-elle pas la preuve que nous différons de bien peu et que nos jugements sur toutes choses doivent infiniment se ressembler ? Ne puis-je donc m'étonner, chère amie, si dans une grande occasion comme celle du mariage d'Hermangarde, nos manières de voir sur l'homme qu'elle épouse soient diamétralement opposées, et au nom de notre amitié, au nom de l'intérêt de la petite, ne puis-je m'en affliger ? Ne puis-je en parler sans avoir l'air de faire un sermon ?...

—Ma chère comtesse, me voici sérieuse,— dit la marquise de Flers émue, en tendant la main à son amie. N'imputez jamais à mon cœur les péchés de mon esprit.

—Ils ne sont pas mortels, reprit gracieusement son amie en pressant cette main, tendue vers elle avec le mouvement d'une sensibilité charmante et sauvée du temps ! Laissez-moi donc vous dire mes craintes, dussent-elles ne pas avoir le sens commun. Tout le temps que je les aurai, je penserai qu'un mariage qui n'est pas encore fait peut se défaire, et je vous tourmenterai un peu. —

Il y eut un moment de silence.

— Si vous n'avez, — dit gravement la marquise, en replaçant sa soucoupe sur le plateau, — que les bruits du monde à opposer à l'amour d'Hermangarde et à son mariage, permettez-moi de vous dire que ces bruits malveillants ont peu d'influence sur une femme qui a passé toute sa vie à voir des choses parfaitement opposées à ce qu'elles étaient en réalité, et qui a connu Mirabeau, lequel disait du haut de la tribune de son égoïsme : que les *grandes réputations sont fondées sur de grandes calomnies*, car il aurait pu ajouter que les petites l'étaient aussi.

— Je n'ai pas que cela, fit madame d'Artelles.

— Eh bien ! qu'avez-vous de plus, chère

amie? des faits positifs?... — Voyons-les! Quoi! mon petit-fils de choix est un affreux monsieur Lovelace parce qu'il a eu quelques femmes qui vont à la messe à Saint-Thomas-d'Aquin, avec un Paroissien de velours, fermé d'or. Mais nous sommes du temps de Laclos, ma chère belle, et nous appartenons à une époque où ces choses-là se pardonnaient très bien! Soyons justes, si nous ne sommes pas indulgentes. La jeunesse que nous avons connue et... aimée faisait bien pis que les jeunes gens d'à présent. Et cependant nous ne sommes pas restées vieilles filles. Nos mères ont eu la bravoure de nous marier à ces abominables mauvais sujets, et nous avons eu le hasard effronté de n'être pas trop malheureuses!

— Ne parlez que de vous, dit madame d'Artelles. Vous avez eu l'extrême bonheur d'aimer et d'être aimée. Vous aviez asservi complètement le marquis de Flers ; il vous aurait sacrifié ses maîtresses s'il n'avait pas fallu.... les reprendre pour vous les sacrifier. Quand il se souvenait d'elles, c'était pour se féliciter de n'appartenir qu'à vous. Vous l'aviez ensorcelé.

— Eh bien! — dit la marquise, s'épanouissant à cet éloge et à ce souvenir, et souriant avec un double orgueil, l'orgueil de la femme et l'orgueil de la mère, — Hermangarde est encore plus belle que je ne l'étais, et elle ensorcellera son mari!

— Croyez-vous? fit madame d'Artelles avec une tristesse douce et profonde, la tristesse d'un scepticisme sans espoir, — est-ce qu'il est, votre futur beau-fils, de ces têtes-là qu'on ensorcèle? Je l'ai beaucoup vu chez vous et dans le monde. Je l'ai beaucoup étudié. Vous m'avez parfois trouvée pénétrante, mais je ne crois pas qu'un pareil homme puisse porter le poids d'une domination quelconque, si allégé qu'il soit par l'amour. Il a des facultés d'esprit fort étendues, c'est incontestable ; mais, né pour le commandement, il porte, dans toutes les relations de la vie, une ambition d'influence qui le rend peu propre à en subir une. Ses passions sont des passions de maître. Voyez comme, malgré son amabilité, trop charmante pour n'être pas jouée, il opprime déjà Hermangarde ! comme avec un froncement de sourcils il la fait obéir et trembler ! Et pourtant Hermangarde est un caractère fier et résolu ! Cela m'a bien souvent révoltée. Ses manèges ne m'en imposent point. Il passe pour très éloquent auprès des femmes. Il les magnétise avec des flatteries adorables ou des impertinences qu'il a l'art de doubler de tendresses. Il a des paroles obscures et chatoyantes qui font rêver. Mais toute cette éloquence, tous ces entortillements de serpent câlin aux pieds des femmes ne sont que l'expression de son orgueil et de son mépris pour nous. Il veut dominer, despotiser les âmes, et trouver dans les relations de l'amour une influence que les hommes qu'il blesse lui contestent, et que les circonstances ne lui ont pas donnée sur eux. Avec les hommes, il n'a pas toutes ces coquetteries. Il ne cache pas la conscience qu'il a de lui-même, et par là il les offense, même sans y penser. Mais avec nous son orgueil est bien plus à l'aise, car il est reçu par la vanité des hommes qu'on ne s'abaisse jamais devant nous. Il fait donc avec nous ce qu'il est trop fier pour faire avec ses semblables, et tout cela, marquise, bien moins pour trouver ce que nous pouvons donner, le bonheur dans la tendresse, que pour conquérir un pouvoir. —

Madame d'Artelles était d'un temps où les gens du monde aimaient à tracer des portraits. Elle venait d'en faire un. Madame de Flers qui allait porter sa tasse de thé à ses lèvres, la replaça sur le plateau.

— Vertu de femme! comme vous y allez, dit-elle. Mais c'est là un portrait de sombre fantaisie et vous m'aviez promis des faits positifs!

— Des faits positifs! dit l'intrépide comtesse que rien n'embarrassait, que rien ne désarmait. Je ne demande pas mieux que de vous en donner, des faits positifs! pour vous convaincre du danger qu'il y a de marier Hermangarde à cet homme faux et détestable. Je ne les sais que d'hier et je vais vous les dire aujourd'hui. Malheureusement les choses sont bien avancées, mais on a vu casser des mariages encore plus près de la conclusion. Quand je dis qu'il est faux, votre beau fiancé, je ne crois pas que son amour pour Hermangarde soit précisément une tartufferie. Non, je le crois fort amoureux au contraire de ses radieux dix-neuf ans. Mais je dis qu'il est comme tous les êtres vulgaires de cœur et grossiers de sens, qui prennent la passion pour de l'amour. Au moment où il joue à Hermangarde de ces airs de dévouement et de tendresse dont nous sommes toutes dupes de mère en fille, il a une maîtresse, ma chère marquise, une maîtresse, chez laquelle il va passer tous ses soirs, non pas mystérieusement, mais au sçu de toute la ville et sans manteau couleur de muraille. Il ne prend même pas la peine de se cacher ! Probablement il y est ce soir encore, au lieu d'être ici où il avait promis de venir et où Hermangarde l'attendait. —

La marquise de Flers avait repris sa tasse de thé pendant que madame d'Artelles faisait sa Catilinaire. Elle la but, et avec un demi-sourire où l'indulgence et la malice se fondaient :

— Ah ! dit-elle, en se ravisant, c'est madame de Mendoze.

— Eh non, ma chère, non, ce n'est pas madame de Mendoze, — dit à son tour et très-vivement madame d'Artelles.

— Alors, c'est madame de Solcy — reprit la pétulante marquise.

— Ni l'une ni l'autre, — fit madame d'Artelles, — est-ce que vous m'allez nommer tout le faubourg Saint-Germain? Vous êtes plus mauvaise langue que moi, ma chère. Je sais que les haïssables succès de M. de Marigny ont été nombreux. Madame de Solcy, madame de Mendoze et malheureusement beaucoup d'autres ont fait mille folies pour lui, et ce n'est pas une raison pour qu'il ne les voie plus dans les salons de Paris ou même chez elles. L'amour dans une société de gens bien élevés ne doit pas emporter toutes les relations de la vie. Mais la maîtresse actuelle de M. de Marigny n'est pas une femme comme il faut. C'est une créature qu'il a depuis dix ans ; qu'il a peut-être toujours eue. Quand la société de Paris parlait de ses liaisons avec mesdames de Mendoze et de Solcy, quand les dévotes criaient au scandale, M. de Marigny mentait impudemment à ces femmes qui ne craignaient pas de se compromettre pour ses beaux yeux. Elles étaient, ma chère belle, dans la position où Hermangarde va se trouver, — mais avec le mariage en sus.

— Comment savez-vous cela ? dit la vieille marquise, entassant les rides sur son front devenu songeur.

— Je l'ai su, reprit la comtesse, par le vieux vicomte de Prosny. C'est un vieux lynx. Il est très-fin et très-madré. Il est un peu de ces vieillards qui eussent regardé Suzanne au bain par le trou de la serrure, mais s'il menait la vie d'un sage, nous ne saurions rien de tout ce qu'il nous faut savoir. Le vicomte connaît la donzelle. Il va chez elle... ou il y allait autrefois. Il vous donnera, si vous voulez, les détails les plus circonstanciés sur cette *liaison* qui me paraît assez ignoble.

— Dix ans! — répondit madame de Flers. Les mariages persans n'en durent que sept; et en Italie, les sygysbés qui fêtent parfois des cinquantaines, sont d'assez minces possesseurs. Ils sont la petite monnaie de cet imbécille de Pétrarque. Mais dix ans de possession intégrale à laquelle la loi n'oblige pas, — ajouta-t-elle avec un reflet tiède du XVIIIe siècle dans les idées, — voilà quelque chose de singulier en plein Paris! Malepeste! il faut que cette femme soit bien belle ou terriblement habile pour ramener des bras de toutes les autres femmes, un homme comme M. de Marigny.

— Eh bien! pas du tout! fit madame d'Artelles qui tenait à verser sa goutte d'acide prussique dans toutes les pensées de son amie, le vicomte la dit assez laide, d'un caractère fort extravagant et plus âgée que M. de Marigny qui a trente ans.

— Hein! ce ne sont pas là des séductions bien omnipotentes, — dit la marquise. Mais votre vieux scélérat de vicomte n'a vu cette femme que dans son salon, — a-t-elle un salon? — et Marigny l'a vue ailleurs. Cela change la thèse. Les meilleures actrices ne sont bonnes que dans certaines pièces. Moi, je fais ce raisonnement-ci, ma chère. Ou c'est une ancienne relation craquant de toutes parts depuis le temps qu'elle dure, et alors Hermangarde rompra ce nœud tiraillé et usé, — en se jouant ; — ou la créature est à craindre, et alors si elle l'est, elle l'est beaucoup, car Marigny a trop expérimenté les femmes pour ne pas les savoir à fond, et laide ou non, ce serait donc le résumé de toutes les séductions des autres, puisqu'on les quitte pour revenir à elle ; enfin une espèce de maîtresse-sérail. —

Le mot était hardi et le geste qui l'accompagna ne le fut pas moins. La marquise née en 1760 et qui avait traversé toutes les corruptions de Trianon, de l'Émigration et de l'Empire savait, quand il le fallait, sauter le bâton d'un mot vif. Elle avait eu la jambe leste, il lui restait l'esprit leste, un esprit avec lequel dans sa jeunesse, le prince de Ligne avait peloté. Il eût dit d'elle avec ces consonnances qu'il recherchait comme une audace négligée : Elle avait l'esprit brillant et coupant comme le diamant et attirant comme l'aimant et rien n'était si provoquant ni si charmant et ni, au fond, si bon enfant! Très spirituelle donc, comme on l'était encore en 1785 et comme on allait cesser de l'être, elle avait plus duré que son époque. Sa grâce était de si bonne trempe qu'elle avait résisté au mauvais ton de l'Empire. La société de la Restauration, — cette société digne d'être Anglaise, tant elle fut hypocrite, — dut avoir horreur du haut goût de l'esprit de madame la marquise de Flers. A l'heure qu'il est, au faubourg Saint-Germain ne prend-on pas pour du bon ton l'extrême pruderie en toutes choses, et ne réalise-t-on pas un idéal de société à faire mourir d'ennui dans leurs cadres les portraits de famille qui heureusement n'entendent plus? L'abâtardissement des races s'est surtout marqué en France dans l'esprit de conversation. Ce volatil parfum s'est évaporé. Au moment où s'ouvre cette histoire, il fallait la souveraine aisance de la marquise de Flers pour sauver de l'outrageante condamnation des prudes, un reste de cet esprit fringant, élancé et vraiment français, — la plus jolie gloire de nos ancêtres.

— Dans le premier cas, — reprit la marquise, — ça regarderait Hermangarde. Ce serait l'affaire d'une lune de miel. Nulle femme n'épouse d'ange. Les plus sots même, — quand ils se marient, — ont la vanité de planter là quelqu'Ariane dont ils offrent l'abandon à leurs femmes comme un cadeau qui complète bien la corbeille. Marigny n'a pas besoin, lui, d'offrir une femme sacrifiée à l'amour d'Hermangarde pour le faire flamber mieux. Et d'ailleurs, il est trop distingué (vous diriez orgueilleux, vous!) pour employer cette petite rouerie. Seulement, si comme une foule d'hommes, restés long-

-temps garçons, il a des habitudes d'intimité déjà anciennes, il les perdra très-aisément au sein d'un bonheur plus neuf et plus enivrant. Mais dans le second cas...

Elle s'arrêta, se mirant dans le saphir de son petit doigt et réfléchissant.

— Eh bien! dans le second cas?... interrogea madame d'Artelles.

— Ah! ce serait toute autre chose, reprit la marquise. Je partagerais vos inquiétudes. J'aurais là du fil à retordre. Mais Dieu aidant et vous aussi, ma chère belle, je le retordrais!

II

I promessi Sposi.

Les deux douairières veillèrent longtemps cette nuit-là. Le coupé de la comtesse d'Artelles ne la remporta que fort tard. M. de Marigny ne vint pas troubler par sa présence un tête-à-tête si plein de lui. Quelquefois il revenait après le spectacle à l'hôtel de Flers, où, — quand il n'y avait personne il était toujours sûr de trouver la marquise debout, éveillée et prenant du thé ; car, malgré son grand âge, la marquise aimait à veiller comme une femme du XVIIIe siècle. Elle avait lu Montaigne. Elle disait que veiller allongeait les offices de la vie. Pour elle, comme pour toutes les femmes de sa génération, — corps de fer forgés au feu du plaisir et qui ne connaissaient ni gastrites ni inflammations d'entrailles, — maux consacrés d'une époque à prétentions intellectuelles, — les lits n'étaient pas faits pour les vieillards. En ne gagnant le sien qu'à la dernière extrémité, elle honorait avec une touchante superstition les souvenirs de sa jeunesse.

Après le départ de son amie, elle resta longtemps dans le boudoir solitaire, assise au coin du feu assoupi, tournant dans ses doigts effilés sa tabatière d'écaille ; mouvement inquiet et trahissant en elle les plus grandes préoccupations. Ce que venait de lui confier madame d'Artelles, s'étendait sur sa pensée et l'assombrissait. Elle avait pour Hermangarde une vraie passion de grand'-mère; et voilà que s'il fallait ajouter foi aux paroles de son amie, le bonheur de sa chère enfant était menacé. Elle estimait beaucoup madame d'Artelles, presque aussi âgée qu'elle, plus froide, plus raisonnable dans le sens du monde, non dans le sens de la vérité. De ces deux femmes, en effet, la marquise était, au fond, la plus distinguée, mais le meilleur de sa supériorité empêchait qu'on ne la reconnût. Pour beaucoup de gens, pour la comtesse elle-même, la marquise était victime de sa grâce riante! Parce qu'on lui voyait l'esprit léger, on lui croyait toute la tête légère; mais sous les frivoles surfaces, — comme sous les grains du rouge qu'elle mettait à vingt ans, circulait la vie, — il y avait la réflexion qui voit juste et la sagacité qui voit clair. C'était une femme de sens qui avait eu des sens, mais qui n'avait jamais eu plus d'imagination qu'une Française, c'est-à-dire, que la femme de l'Europe et du globe qui entend le mieux les adorables calculs de l'amour et le ménage de son bonheur. Cette poésie des sens dans une créature divinement jolie et riche, qui pouvait, quand il lui plaisait, comme une des princesses de Brantôme, recevoir son amant dans des draps de satin noir, avait suppléé, dès sa jeunesse, à cette imagination absente et qui eût peut-être compromis sa vie. Sa renommée était restée saine et sauve. Malgré de nombreuses fantaisies dont personne ne sut le chiffre exact, elle avait marché avec une précaution et une habileté si félines sur l'extrémité de ces choses qui tachent les pattes veloutées des femmes, qu'elle passa pour Hermine de fait et de nom. Elle s'appelait Hermine d'Ast, marquise de Flers. Pour obtenir ce résultat, elle n'avait ni dit de faussetés ni fait de bassesses. Elle n'avait point joué le rôle odieux d'une madame Tartuffa qui met le crucifix dans son alcôve. Non, elle usa d'un tact merveilleux qu'une femme seule dans Paris a seule égalé, mais non surpassé. Ce fut là sa seule hypocrisie. Aussi l'histoire de sa jeunesse est-elle un magnifique fragment d'une *Imitation* qu'il serait bon de donner, dans l'état actuel de nos mœurs, à méditer aux jeunes personnes. Tout le monde y gagnerait, même les maris.

Le sien, le marquis de Flers, écuyer cavalcadour de Marie-Antoinette et très-lancé dans la coterie des Polignac, l'avait épousée à sa sortie du couvent. Lui qui par l'âge eût été son père et qui semblait devoir être invulnérable à tous les enchantements possibles, puisqu'il avait bu à la coupe de la Circé du temps, la comtesse Jules, cette reine de la Reine, aima jusqu'à l'adoration, une enfant élevée aux Ursulines. Sortie de son parloir, à quatorze ans, traînant sa poupée par la manche, et regrettant sa récréation, pour aller à l'autel et à la cour, cette folle fillette s'improvisa femme du matin au soir, ou peut-être du soir au matin, et tout le temps qu'il vécut, elle asservit le marquis à ses caprices. Elle qui sentait sa force, la voilà. L'aima-t-elle? il le crut et jamais illusion plus savante ne fut plus complète. Elle le traita comme ce féroce enfant athénien traita son moineau. Elle lui creva les yeux... mais sans lui faire le moindre mal, afin qu'il ne la vît pas se servir des siens. Elle trompa son mari, comme on trompe un amant, en se donnant une peine du diable. Aussi l'écuyer cavalcadour, — homme d'esprit pourtant, — mourut-il dans son bonheur conjugal, comme le roi de Bohême aveugle, à la bataille de Crécy.

La révolution éclatant la trouva déjà partie. Son mari fut massacré au dix Août. Mais comme elle avait sauvé sa réputation de la langue des bourreaux de salon, elle déroba une tête charmante à laquelle elle tenait davantage encore, à la faucille qui scia plus tard les cous les plus ronds et les cheveux les plus dorés de la monarchie. Elle avait une fille, d'ailleurs, qu'elle allait élever dans l'exil. Du moins aux rigueurs de la condition des proscrits ne s'ajouta point la misère. Elle avait emporté dans un petit portefeuille semé de perles fines, et sur lequel elle écrivait le nombre de *polonaises* qu'elle avait à danser dans les bals, une fortune mobilière considérable. Elle vécut à Trieste, à Venise, à Vienne de manière à rappeler sa maison du faubourg Saint-Germain. Ce fameux abbé de Percy, Normand comme elle, le dernier descendant mâle des Percy en France, dont la laideur et l'esprit furent si célèbres à Londres dans la *high life* pendant l'émigration, cet admirable abbé qui avait dans l'esprit l'éperon brûlant de son parent Hotspur et sur sa face la lampe allumée de Falstaff, racontait, dans ses derniers jours, l'avoir rencontrée en 94, chez son cousin le duc de Northumberland et si charmante, même pour ces Anglais, qu'ils la préféraient à la chasse au renard. Assez habile pour n'avoir point besoin d'être heureuse, elle fut heureuse, comme si elle n'avait pas besoin d'être habile. Les intendants d'alors étaient des fripons (voir toutes les comédies du temps), par hasard, le sien fut un honnête homme.

Il acheta avec les assignats toutes les propriétés des de Flers et les rendit très-noblement à la marquise, quand elle revint de l'émigration. A dater de ce retour, elle ne quitta jamais Paris que pour aller aux Eaux ou dans ses terres de Normandie, prétendant « qu'elle avait assez voyagé comme cela. » Sa fille qu'elle aimait sans doute, mais qui ne lui plaisait pas, — cette chose importante pour que les affections soient profondes ! — avait épousé un des descendants des Polastron. Comme les Larochejaquelein et les Crillon, Armand de Polastron avait d'abord refusé, par honneur monarchique, de servir Bonaparte. Il y fut bientôt forcé par cet Italien du XVIe siècle, dont la politique et le dépit retournaient contre les mères outragées, le noble refus des enfants. Armand se fit tuer, au premier feu, en vrai gentilhomme, qui oublie tout, devant l'ennemi. Il laissa sa jeune femme enceinte. Marie-Antoinette de Flers, vicomtesse de Polastron, blonde et jolie comme sa mère, — moins la vie, moins cette flamme allumée aux candélabres de la cour de France et qui ne brilla plus après 1800 — brisée de la mort de son mari, mourut en accouchant d'Hermangarde. C'était la première peine qui entrât au cœur de la marquise. Mais comme ces dards qui fixent aux flancs entr'ouverts du taureau une banderolle de pourpre; en y entrant, elle y mit un amour superbe, — l'amour de la grand'mère pour l'enfant resté orphelin.

Sa première communion faite au Sacré-Cœur, sa petite fille ne la quitta plus. Elle fut élevée à côté d'elle en héritière de quatre-vingts mille livres de rentes. Education qui consista surtout à vivre dans le rayonnement de cette marquise demeurée si grande dame, quand il n'y a plus que des naines comme il faut dans notre société nivelée et décapitée de toute grandeur. Hermangarde apprit plus en voyant les dernières années de sa grand-mère qu'en passant par toutes les filières des éducations fortes, comme on dit si plaisamment maintenant et qui ne sont que les infirmeries de la médiocrité. Femme de haute origine, madame de Flers avait l'instinct des mystérieux privilèges des races. Elle savait que tout ce qui est supérieur s'élève de soi vers le grand et le beau, en vertu d'une force latente, d'une gravitation secrète, comme les plantes qui n'ont pas besoin qu'on casse leurs tiges pour se retourner vers le soleil. Aussi la Religion exceptée, qui s'excepte de toutes les choses humaines, la marquise avait-elle appliqué un système hardi de *laissez faire*, *laissez passer*, à toutes les impulsions d'Hermangarde, et ces impulsions s'étaient produites comme les feuillages, les fruits et les fleurs, dans un oranger d'Albenga poussé en pleine liberté de terre et de ciel. Belle à rendre amoureux tous les peintres, mademoiselle de Polastron avait une âme à rendre tous les moralistes fous. Sa grand'mère put la gâter impunément et elle n'y manqua pas. Mais en regardant comme des lois éternelles les instincts délicats et fiers de sa petite fille, la vieille marquise de Flers montra encore plus d'intelligence que de tendresse.

C'était une nature sérieuse et contenue que mademoiselle Hermangarde de Polastron. Elle n'avait pas, elle n'aurait jamais eu l'ardeur d'enjouement, le charme osé et vainqueur qui avait fait de son aïeule l'étoile la plus étincelante des *Nocturnales* de Versailles. Hermangarde, la chaste Hermangarde avait une puissance bien moins conquérante et généralement bien moins sentie que celle de la marquise de Flers, de cette éclatante blonde, piquante comme une brune, qui pouvait porter des deltas de ruban ponceau à ses corsets, sans tuer son teint et ses yeux et qui se coiffait en Erigone aux soupers de la comtesse de Polignac. Seulement, pour ceux qui la comprenaient, cette puissance, Hermangarde, elle! était bien autrement souveraine. C'était le charme qui rend le plus esclave et que la nature attacha à toutes les choses profondes qu'il faudrait déchirer pour voir. Sa beauté était plus royale encore que n'avait été celle de sa grand'mère. Mais l'idéalité de ses mouvements, de son sourire, de ses yeux baissés aurait été méconnue au XVIIIe siècle. Blonde aussi, comme toutes les de Flers, mais d'un blond d'or fluide, elle avait un teint pétri de lait et de lumière pour lequel, toutes les boîtes de rouge, inventées à cette époque de mensonge, auraient été d'affreuses souillures. Dieu seul était assez grand coloriste pour étendre un vermillon sur cette blancheur, pour y broyer la rougeur sainte de la pudeur et de l'amour ! Ce n'était pas là le teint de brugnon mûr de la marquise qui n'avait jamais eu besoin de mouches pour en relever l'éclat sans fadeur... ni ses lèvres qui avaient la forme de l'arc enflammé de l'amour (disaient les madrigaux du temps) et qui lançaient si bien la flèche empennée des moqueuses plaisanteries, ni son ivre sourire d'Érygone qui se baignait avec tant de volupté rieuse dans la mousse d'un verre de Champagne, à souper ; ni son regard assassin et fripon qui sautait par-dessus l'éventail et faisait faire à la décence toutes les voltiges de la curiosité, ni sa prunelle bleue comme la flamme du punch et brûlante du triple feu grégeois, de l'esprit, des sens, de la coquetterie, car elle avait été une coquette! Elle l'avait été jusqu'à la fin, toujours, sans repos, ni trêve, même avec sa femme de chambre, comme Fénélon qui l'était avec ses valets; toujours armée, toujours implacable, comme la République romaine, ne désarmant que quand on s'était humilié et soumis, et qu'elle pouvait danser sur le cœur des rebelles, la danse du triomphe, une pyrrique, à elle, avec ses mignonettes mules de satin blanc aux talons pourpres! Hermangarde n'avait rien de toute cette beauté inspirée et résonnante comme un instrument de fête, de cette douce fureur invincible, de toutes ces bacchanales d'esprit, de réparties, d'agaceries tentatrices, *malheureusement ses seules débauches*, disait Champfort, avec la satyriasis d'un regret de libertin quand on parlait de cette cruelle et charmante Hermine de Flers, aux orgies du duc d'Orléans. Il y avait en Hermangarde des lueurs bien plus divines que tous ces scintillements lutins, des silences bien plus éloquents que tous ces pétillements de paroles, des reploiements sous la nue d'une virginité troublée, bien plus expressifs que toutes ces fusées d'étincelles... L'opale avec ses teintes fondues l'emportait sur le diamant, malgré l'insolence de ses feux, l'âme sur l'esprit, la poésie du voile sur le charme enivrant de la nudité. Mademoiselle de Polastron avait en toute sa personne quelque chose d'entr'ouvert et de caché, d'enroulé, de mi-clos, dont l'effet était irrésistible et qui la faisait ressembler à une de ces créations de l'imagination indienne, à une des ces belles jeunes filles qui sortent du calice d'une fleur, sans qu'on sache bien où la fleur finit, où la femme commence ! Le contour visible plongeait dans l'infini du rêve. Accumulation de mystères ! c'était par le mystère qu'elle prenait le cœur et la pensée. Espèce de sphinx sans raillerie, — à force de beauté pure, de calme, de pudique attitude — et à qui la passion, en lui fendant sa muette poitrine, arracherait, un jour, le secret.

Un peu de l'énigme s'était déjà révélée. On savait l'amour d'Hermangarde pour M. de Marigny; mais on ne savait pas l'âme d'Hermangarde. Nul n'en connaissait l'étendue, ni sa grand'mère qui avait approuvé son amour, ni madame d'Artelles qui en redoutait la violence, ni Marigny lui-même qui en savourait les félicités et qui passait une partie de ses jours, les regards suspendus aux yeux bleus-de-roi d'Hermangarde, — comme Charlemagne, la vue attachée sur son lac de Constance, amoureux de l'abîme caché.

Comment si jeune avait-elle aimé Marigny ? Prématurée en tout, fleur et fruit en même temps, elle était allée de bonne heure dans le monde, conduite par la marquise de Flers. Les jeunes gens qu'elle y vit passèrent sous ses yeux et ne les fixèrent pas. Au milieu de ces hommes sans beauté vraie et sans élégance qui forment le fond commun des salons, la personnalité fortement accusée de M. de Marigny devait nécessairement la frapper et la captiver. Et d'ailleurs, elle l'aimait, même avant de l'avoir vu, tant il y a des affections qui ont tous les caractères de la destinée! Par un hasard de circonstances assez peu remarquable en soi, elle ne le rencontra que tard chez les personnes où elle allait. Mais elle avait vécu pour ainsi dire, dans l'air contagieux d'une réputation qui fera toujours sur les jeunes filles l'effet enivrant du mancenillier. M. de Marigny, contre qui l'effrayée madame d'Artelles avait lancé des choses si vives, était le scandale vivant du faubourg Saint-Germain. Comment ne l'eût-il pas été? Il possédait la puissance de l'esprit contre laquelle on se révolte derrière le dos de ceux qui l'ont. Il n'avait pas de position; on ignorait sa fortune, ces deux seules distinctions qu'on respecte. Tout en lui reconnaissant une amabilité de premier ordre, quand il voulait causer, on maudissait ses vices si toutefois une société aussi énervée que celle de Paris peut maudire. Jamais (comme l'avait dit madame d'Artelles) personne n'avait été l'objet de plus de commérages que M. de Marigny. Les mères avaient beau prendre les airs pincés quand on en parlait devant mesdemoiselles leurs filles ; elles avaient beau s'ingénier à mettre les guimpes les plus montantes aux expressions dont elles se servaient quand la conversation roulait sur M. de Marigny, bien d'étranges idées s'étaient éveillées dans la tête d'Hermangarde, — cette fière Diane, calme en apparence, mais agitée au fond sans savoir pourquoi, — lorsqu'elle avait recueilli d'une oreille curieuse et discrète quelques bruits épars de tous ces *à-parte*, étouffés à demi sous les éventails. Ah! occuper de soi, en bien ou en mal, c'est déjà une force, et les femmes aiment la force comme tout ce qu'on n'a pas et ce qu'on désire d'un désir vain. Mais si on ajoute à cela de grands torts de conduite, — comme on disait de M. de Marigny, — le dérèglement de la vie, l'épouvante des âmes timorées; on s'expliquera très bien la disposition où ce qu'elle avait entendu jeta Hermangarde. Loi formidable et éternelle que toutes les poésies du cœur de la femme la fassent incliner à sa chûte!

Il y avait, alors, dans la société de Paris, une jeune mariée que M. de Marigny avait compromise. C'était cette comtesse de Mendoze à laquelle, on l'a vu, la vieille marquise avait décoché une allusion si directe. Passionnée et faible, élevée en Italie, où la société n'apprend pas, comme en France, à se défier des mouvements les plus généreux de son cœur, Madame de Mendoze avait aimé M. de Marigny avec une bonne foi qui l'avait perdue. En quelques instants, la passion fit une horrible razzia de tous les dons qui ornaient sa vie. Elle n'était plus belle et elle avait été divine. Les femmes du faubourg Saint-Germain qui savent glisser dans l'éloge le plus caressant de ces subtils poisons d'ironie auprès desquels les poisons de l'Italie des

Borgia, qui enfermaient la mort dans les plis d'un gant parfumé, auraient été de grossières compositions, l'appelaient sérieusement *la Diva.* On pensait d'elle à cette époque ce que Louise de Lorraine, princesse de Conti, disait d'une des trois grandes maîtresses d'Henri IV, la duchesse de Beaufort: « *Celles qui ne voulaient pas l'aimer ne pouvaient la haïr.* » Avant que l'amour ne l'eût saisie dans sa griffe de flamme, elle avait été le type d'un de ces genres de beauté, évidemment prédestinés au malheur, en raison même de la sublime délicatesse de leur essence et de leur forme. Cette délicatesse exceptionnelle, qui n'est pas la beauté, — car la beauté a la force d'une harmonie et au contraire, cette délicatesse exquise, incomparable, vient peut-être d'un trouble, d'un élément céleste de trop dans la composition de l'être humain, — s'élevait en madame de Mendoze jusqu'au phénomène. Elle ravissait le regard comme un miracle accompli et elle l'effrayait comme une catastrophe qui menace. Pour l'observateur philosophe, il était certain que le premier malheur de la vie déchirerait cette organisation tenue et diaphane, comme le cuivre auquel on l'accroche, en passant, déchire une dentelle. En effet, les plus transparentes ladies que l'Angleterre présente à l'admiration du monde, comme les plus purs échantillons d'une aristocratie bien conservée, n'eussent pas approché de cette femme chez qui les lignes et les couleurs avaient une légèreté, un *fondu*, un flottant de lueurs qu'on ne saurait rendre que par un mot intraduisible, le mot anglais, *Ethereal*. Quand on suivait comme un fil de la Vierge dans l'air rose du matin l'espèce de nitescence qui courait aux profils de ses cheveux d'ambre pâle jusqu'à la nacre de ses épaules, on aurait cru à une fantaisie de Raphaël, tracée avec quelque merveilleux fusin d'argent, sur du papier de soie couleur de chair. Ses yeux, — elle était un peu myope, — étaient de ce tendre bleu de la turquoise, qui n'a pas de rayons et qui semble dormir, et ils avaient l'expression singulière et vague de ces sortes d'yeux qui n'étreignent pas le contour des choses. Ils paraissaient mats de rêverie. Ainsi Dieu ne l'avait faite qu'avec des nuances. Mélange unique de clartés sans fulgurences et d'ombres lactées, elle berçait le regard en l'attirant et très certainement elle eût produit l'engourdissement magnétique des choses vues en rêve, sans l'ardeur sanguine de ses lèvres qui réveillait tout à coup le regard, énervé par tant de mollesses, et montrait, par une forte brusquerie de contraste, que le cœur de feu de la femme brûlait dans le corps vaporeusement opalisé du Séraphin. Madame de Mendoze avait cette lèvre roulée que la maison de Bourgogne apporta en dot, comme une grappe de rubis, à la maison d'Autriche. Issue d'une antique famille du Beaujolais, dans laquelle un des nombreux bâtards de Philippe-le-Bon était entré, on reconnaissait au liquide cinabre de sa bouche les ramifications lointaines de ce sang flamand qui moula pour la volupté la lèvre impérieuse de la lymphatique race allemande et qui depuis coula sur la palette de Rubens. Ce bouillonnement d'un sang qui arrosait si mystérieusement ce corps flave et qui trahissait tout à coup sa rutilance, sous le tissu pénétré des lèvres; ce trait héréditaire et dépaysé dans ce suave et calme visage était le sceau de pourpre d'une destinée.

Il disait bien que cette femme frêle à qui les poètes eussent attaché par la pensée sur le front de mystiques bijoux, comme le béryl ou la cyanée, et aux épaules la tunique d'hyacinthe, appartenait dans son corps autant que dans son âme au double amour qui n'en est qu'un seul. Un tel signe n'avait pas menti. La passion de madame de Mendoze pour M. de Marigny et dont cette Italienne manquée n'avait pas su faire une *Relazione* de plus d'un an, eut toute l'insouciance d'un malheur suprême après avoir eu toute les imprudences d'une félicité sans borne. La comtesse s'était doublement affichée. On la recevait toujours, à cause du rang qu'elle tenait par sa famille en France et par celle de son mari on Espagne (elle était alliée aux Médina-Cœli), mais l'opinion ne lui marchandait pas les cruautés. Elle les brava comme une plus fière, non par hauteur de courage, mais par entraînement aveugle et fatal; parce qu'elle ne pouvait rencontrer son ancien amant que dans ce monde qui la flétrissait tout en restant poli pour elle. Elle y allait donc poussée par l'espérance. Attelée au joug d'une idée fixe, elle y traînait un cœur désolé, une santé dévastée. Rien ne l'arrêtait. Ni la fièvre, ni la toux convulsive d'une poitrine atteinte de consomption. Elle avait bien toujours le courage de sa toilette, et brisée, mourante, anéantie, elle venait la première et s'en allait la dernière partout, l'attendant, voulant le voir encore même de loin, et dût-elle expirer en rentrant du souvenir des jours passés! Ame acharnée qui n'arrachait pas le trait, mais l'enfonçait chaque jour davantage! Hermangarde savait confusément, il est vrai, l'histoire de madame de Mendoze, mais assez pour suspendre toutes sortes de rêveries à cette femme qui aimait sa faute jusque dans son supplice, à ce front d'Eloa tombée qui n'eût pas voulu se relever, à ce maigre et pâle visage fondu au feu d'un mal intérieur où il n'y avait plus que deux grands yeux flétris, cernés, dévorés, sanglants d'insomnie et de pleurs... Malgré la réserve d'une éducation vraiment patricienne, mademoiselle de Polastron ne pouvait s'empêcher de regarder madame de Mendoze avec étonnement, avec épouvante, avec jalousie, avec pitié. C'était dans ce sein jeune et pur une confusion de tous les sentiments qui s'ignorent. Pour elle, la comtesse était une curiosité funeste. Elle contemplait trop Marigny à travers cette femme qu'il tuait... Chaque fois qu'elle la rencontrait, elle épiait avec un intérêt aussi dissimulé que s'il avait été coupable, le progrès du mal qui la minait; mettant le sentiment partout où il y avait la maladie. Elle ne se doutait pas qu'elle aimait déjà... qu'elle caressait les ailes d'épervier de la terrible Chimère. « Quand donc le verrait-elle aussi, cet homme qui tuait si bien les femmes? » Elle n'avait pas peur de lui, mais elle éprouvait cette émotion chère aux intrépides qui inspirait les paroles de César, allant se faire tuer au Capitole, au moment où sa femme cherche à le retenir. « César et le danger sont deux lions mis bas le même jour, mais César est l'aîné et César sortira. » (1)

Ces troubles d'une âme romanesque durèrent tout le temps qu'il fallut pour que s'il n'était pas complétement vulgaire, Marigny fut

(1) Shakespeare.

un dieu pour elle au premier coup d'œil. Aussi le fut-il. Un soir, chez la duchesse de Valbreuse, il y avait beaucoup de monde et l'on dansait. La musique, le mouvement du bal, les conversations couvraient la voix des domestiques qui annonçaient. La soirée était très avancée. Hermangarde, après plusieurs walses, s'était rassise près de sa grand'mère, et comme d'ordinaire, elle observait *son* drame vivant, madame de Mendoze plus souffrante que jamais, affaissée sur un divan, et dont l'œil rougi, fatigué d'attendre, avait l'hébêtement d'une rêverie folle. Tout-à-coup elle la vit devenir plus pâle encore, et ces yeux lourds s'agrandir et projeter des rayons comme deux soleils. Un mouvement insensé qui n'était pas un sourire agita ses lèvres flétries qu'un jet de sang, —envoyé par le cœur sans doute,—colora :

« —Voyez-vous, dit une voix derrière Hermangarde, cette pauvre madame de Mendoze et l'effet que produit sur elle l'arrivée de M. de Marigny ?

La jeune fille n'en entendit pas davantage. Elle ne vit plus madame de Mendoze. Elle vit Marigny debout contre la portière de velours pourpre qui retombait en plis nombreux derrière sa tête, et sur laquelle il se détachait avec une sombre netteté. Il était tout en noir. Elle ne l'analysa pas. Elle ne le jugea pas. Sa première pensée fut le Lara de lord Byron ; la seconde, qu'elle aimait.

Alors involontairement et par un mouvement de rivale heureuse, *puisqu'il ne l'aimait plus*, elle se reprit à regarder madame de Mendoze. L'émotion n'avait pas lâché la malheureuse comtesse. D'inépuisables éclairs jaillissaient toujours de son regard incendié. Mais les lèvres payaient cher la vie qui leur était revenue. Elles en déposaient le secret dans le mouchoir dont elles rougissaient les dentelles.

— C'est beau, malgré tout qu'une passion pareille !—dit près d'Hermangarde, la même voix qui avait parlé. Elle est mourante, cette petite femme là. Tenez, voilà que le sang l'étouffe. Regardez son mouchoir, Thadée ; mais bah ! elle n'y prend seulement pas garde, et tout le temps que Marigny sera là, elle n'est pas femme à s'évanouir.—

Cette scène rapide, d'un tragique simple comme nos mœurs, auxquelles les convenances dessinent un cadre si étroit, donna à la belle Hermangarde le frisson d'une émotion inexprimable. La marquise de Flers qui le vit passer sur ses épaules, la gloire et l'orgueil de sa vieillesse maternelle, craignit que sa petite fille n'eut froid et lui jeta, en souriant, l'écharpe oubliée au dos du fauteuil. Quant à monsieur de Marigny, c'était à son tour de regarder. Parmi tous ces fronts chargés de diadèmes ou de fleurs, il avait aperçu le front nu et pur d'Hermangarde. Ses cheveux blonds relevés droit sous le peigne découvraient des tempes divines de transparence et de fraîcheur. Marigny, — malgré l'expérience de sa vie et les musées de sa mémoire, — n'avait rien vu d'aussi saintement beau que mademoiselle de Polastron. Une pulsation de dix-huit ans rajeunit son cœur blasé. Il s'avança vers elle, et tournant le dos à madame de Mendoze, il vint saluer madame de Flers pour voir de plus près cette idéale jeune fille, -- attirante, invincible et belle comme une illusion.

— C'est mademoiselle de Polastron? dit-il en s'inclinant devant Hermangarde, mais il n'ajouta rien de plus. Lui qui savait si bien parler le langage de la flatterie; lui (disait-on), le plus éloquent des corrupteurs, il ne risqua pas avec madame de Flers un seul de ces éloges que la beauté d'Hermangarde arrachait également aux hommes et aux femmes. Un respect qu'il n'avait jamais senti en présence d'une créature humaine lui inspira de se taire. Sa parole lui semblait trop prostituée pour qu'il osât s'en servir... Peut-être aussi craignait-il de se trahir. Car, depuis cinq minutes, il aimait, et pour la première fois,—sensation étrange et maudite! — il tremblait de ne pas être aimé.

Mais, quelques jours après cette soirée, il avait repris, une par une, toutes les sécurités de son infernal orgueil. — Il était allé chez la marquise, et l'âme naturelle d'Hermangarde s'était ouverte comme un livre sur toutes les pages duquel il put lire son nom. Certain d'être aimé et assez épris pour vouloir le bonheur suprême au prix des liens qu'il avait jusque là redoutés, il s'efforça de plaire à la marquise. Avec Hermangarde il n'avait besoin d'aucune séduction, d'aucune coquetterie. Elle était soumise à ce magnétisme de l'amour, si absurde et si divin; car bien souvent, rien dans la personne qui l'exerce ne le justifie. Un homme de cet esprit, de ce jet de conversation si tari maintenant en France, de cet éclat de manières qui rappelait à la douairière de Flers les plus beaux jeunes gens de sa jeunesse, dût l'émerveiller et l'entraîner. Elle raffolla bientôt de Marigny. Pendant une année, il alla chez elle tous les soirs. C'était se poser en prétendant à la main de mademoiselle de Polastron. Les Vicomtesses du noble faubourg crièrent de toute la force de leur voix de tête contre une telle audace. Mais la marquise hardie comme une femme du XVIIIe siècle et qui savait les vrais revenant-bons de la vie, souriait et ne pensait pas qu'un *mauvais sujet* comme Marigny fût un si mauvais mari pour Hermangarde. Se trompait-elle ? l'avenir le prouvera. A coup sûr, il y avait en Marigny des replis d'âme qu'elle ne voyait pas... de ces profondeurs creusées par un siècle de plus dans l'esprit des générations, mais la société myope du faubourg Saint-Germain les voyait-elle davantage ? Le bon sens de la marquise qui n'avait rien de bourgeois lui disait qu'après tout, dans cette loterie du mariage, les qualités de M. de Marigny étaient encore la meilleure mise. « Les passions, — pensait-elle, — font moins de mal que l'ennui, car les passions tendent toujours à diminuer, tandis que l'ennui tend toujours à s'accroître. » Enfin, elle se connaissait à l'amour et celui de Marigny était sincère et loyal. Il avait des dettes, « mais Hermangarde, — disait-elle avec une élévation très spirituelle, — a quatre vingt mille raisons pour se passer de la fortune d'un mari. » Un soir, troublée comme une fille noble et une chaste fille, Hermangarde avait avoué son amour et caché dans les plis de la douillette de sa grand'mère des rougeurs à rendre jalouse la blancheur des marbres. La vieille douairière l'avait absoute et bénie. Elle avait hâte d'assurer le bonheur de sa chère enfant, avant de mourir. Elle avait donc approuvé le mariage dont ils avaient, ces heureux enfants, célébré les fiançailles dans leurs cœurs. Au lever du rideau de cette histoire, il ne leur restait plus qu'un mois à attendre; le plus long de tous, puisqu'il est le dernier!

Depuis un an, la comtesse d'Artelles ne

s'était pas démentie. Elle n'avait pas cessé d'envisager avec mécontentement et avec défiance l'amour d'Hermangarde, qui grandissait de plus en plus dans cette intimité, couverte des ailes de la marquise. L'amabilité de Marigny avait échoué contre elle. Tout avait glissé sur cette âme, lissée de préjugés et qui avait la force de retenir ses préventions. Elle s'était ouvertement déclarée hostile au mariage. Elle aimait mademoiselle de Polastron comme une nièce. Moins sensible par l'esprit que son amie, restée plus jeune sous ses cheveux blancs, elle se préoccupait davantage des idées communes. Il y avait en Marigny quelque chose qui l'épouvantait. N'ayant d'abord contre cet homme d'une influence si prodigieuse sur la marquise, que des impressions personnelles et des bruits de salon, elle s'était trouvée presque heureuse d'avoir mis la main sur des faits positifs. Le vicomte de Prosny, — le *Cavalier servant* de sa jeunesse, — à qui jadis elle avait fait porter chez son bijoutier tant de bracelets dont elle changeait les médaillons, allait avoir de bien autres emplois à présent! Elle avait projeté de l'envoyer à la découverte des relations qui existaient entre Marigny et une ancienne maîtresse, que lui, Prosny, — avec ces airs de gourmet qu'ont les vieux libertins comme les vieux gourmands, — disait être digne de figurer au premier rang des *impures* de monseigneur le comte d'Artois.

III

Un ancien cavalier-servant.

Plusieurs jours après la révélation qui avait rembruni le front ouvert de la marquise, le vicomte de Prosny buvait son dernier verre de liqueurs des îles, chez son ancienne reine, la comtesse d'Artelles, qui lui avait donné à dîner.

Elle l'avait traité en vieille qui veut séduire un vieillard et qui le prend par la seule anse qui reste, — la passion suprême — celle qui ferme la porte à toutes les autres,—le péché capital qui est, hélas ! aussi le péché final !

Elle lui avait donné un dîner des dieux : un petit repas, substantiel, savoureux et fin, calculé de manière à ce qu'il excitât sans irriter et communiquât une activité suffisante... Dire comment elle savait le degré juste d'animation qu'il fallait au sang transi du vieux pécheur, ce serait répéter les mauvais propos d'un autre âge, et d'ailleurs, — règle générale, — les femmes savent toujours à merveille ce qu'il leur importe de savoir.

— Ce sont les délices de Capoue que votre dîner, ma chère comtesse; — dit le vicomte avec la tendre reconnaissance d'un estomac heureux depuis une heure et demie.

Car, le bonheur avait commencé à la première cuillerée d'un excellent potage et le vicomte qui n'avait plus de dents et qui avait des principes, mangeait fort lentement.

— N'est-ce pas ?... fit la comtesse, comme une femme qui sait sa force, — mais il ne faut pas qu'Annibal s'endorme dans ces délices là. —

Le trait était doublement historique, le vieux Prosny s'endormait presque toujours après son dîner.

— Non, je vais à Rome, à l'instant même, reprit le comte. C'est-à-dire, ajouta-t-il, rue de Provence, 46, chez la señora Vellini.

— C'est donc ainsi que cette *espèce* s'appelle? dit madame d'Artelles avec un mépris de grande dame, — le plus insolent des mépris.

— Oui, — c'est comme cela, — répondit le vicomte, elle est Espagnole, née à Malaga, en 1799, de manière que... de manière que..

— De manière que... elle a trente-six ans!

dit vivement la comtesse, fort impertinemment pour la señora en question et pour le vicomte qui, très souvent, l'impatientait avec la forme habituelle sous laquelle il cachait, — assez mal, — l'absence du mot qui le fuyait.

Ici une parenthèse. Le vicomte Eloy de Bourlande, Chastenay de Prosny, avait été destiné à la magistrature dès sa jeunesse. Il appartenait à une ancienne famille de Parlement. Sa vie de jurisconsulte avait été fort courte. Avant la révolution, il était ce qu'on appelait alors *avocat de sept heures*, avec M. Roy, depuis ministre, et beaucoup d'autres devenus fameux. Les avocats de sept heures étaient, — comme on le sait, — les jeunes avocats au début qui plaidaient aux audiences du matin quand les illustres de l'Ordre, les chanoines de la grand'manche, les hommes à position et à réputation, dormaient encore aux pieds de leurs sacs. Né pour être conseiller de grand'chambre, la Révolution tua son avenir, mais du moins, respecta sa personne. Et pourtant il n'avait pas émigré. Il s'était caché pendant la Terreur comme beaucoup de nobles dans certaines provinces. Sa famille était du Nivernais. Il avait été très beau, comme on pouvait en juger par un portrait fort ressemblant, accroché à la glace de son entresol, rue Louis-le-Grand, et qui le représentait coiffé en cadenettes, avec le collet de velours vert, tel qu'il était quand il se maria. Cette belle tête, aux yeux d'outre-mer, à la bouche fine, si romanesque et si féodale en même temps, on n'en reconnaissait guère le galbe dans le vicomte de Prosny actuel. Le nez busqué s'était allongé, la bouche dégarnie de ses dents était rentrée et avait un faux air de celle de Voltaire, sur son déclin. Le menton impérieux avait suivi le nez dans son mouvement en avant, et le menaçait. La peau du visage était jaune comme un parchemin d'antique noblesse; les yeux gonflés comme ceux de tous les hommes sensuels et qui ont pratiqué la vie, mais ils dardaient toujours leur flamme verte, avec cette énergie de curiosité insatiable qui ressemble à de la pénétration, mais qui n'en est pas. Le front : on n'en pouvait juger, caché qu'il était par une perruque châtain clair, très frisée et posée perpendiculairement sur les yeux. On ne compte plus maintenant que deux perruques de ce style-là dans tout le faubourg Saint-Germain. Tel était devenu le beau Prosny, le plus agile danseur et la plus forte lame d'épée d'après Thermidor. Il s'était battu pour le *petit Capet* et les *dix-huit boutons* à l'habit (1), autant que

(1) Historique. Le Petit Capet (chapeau), voulait dire Louis XVII; les dix-huit boutons, Louis XVIII. Cette époque ut magnifique d'héroïsme individuel. La monarchie de Richelieu, ingrate dans le passé pour la noblesse de France,

s'il avait été élevé, avant les désastres de la monarchie, pour entrer dans la Maison Rouge au lieu d'entrer dans les Enquêtes. Il avait été le *poing le plus sur la hanche* de cette époque de bretteurs et la *fleur des pois* des muscadins. A cette époque, il avait tourné la tête à une héritière avec les muscles de son mollet. Il s'était marié richement et avait vécu sur ses terres. Très poli pour les autres, mais très pointilleux, très despote chez lui, très colère, il avait été dans sa campagne le plus violent des juges de paix. Libertin, mais galant et discret ; égoïste comme Fontenelle lui-même, sans cet esprit qui excuse tout, mais avec l'excellent ton qui le vaut presque, il avait fait mourir sa femme de chagrin, planté une magnifique croix sur sa tombe et

avait trouvé moyen de l'être dans l'avenir. Les derniers combats de la noblesse française pour la royauté ont été des duels. (*Note de l'Auteur*).

sur sa mémoire une phrase convenablement mélancolique qu'il répétait toujours quand on lui en parlait et... tout avait été dit. Difficile à satisfaire, quinteux en diable, parlant toujours de dégaîner quand on le contrariait, et l'ayant fait très volontiers tout vieux qu'il fût, (il s'était battu juvénilement, lorsque les alliés étaient venus en France, avec un colonel de Cosaques qui logeait chez lui et qui avait trouvé que les infusions de marjolaine qu'on lui servait le matin n'étaient pas du vrai thé hyson et souchong et il l'avait blessé), très mécontent de son gendre qui était encore plus mécontent de lui, il était revenu vivre à Paris, en garçon, touchant ses fermages chez son banquier, et se moquant de l'opinion publique de sa province, qui l'appelait le vieux dénaturé, parce que, disait-il, il voulait la paix dans ses derniers jours.

Il était de haute taille, droit et sec comme un bambou dont il avait les nœuds dans l'humeur. Il aimait autant le tric-trac que la liqueur des îles. Né pour être juge, il ne bégayait pas comme Bridoison, mais souvent il cherchait ses mots... Et comme dans la conversation, il n'y a point de dictionnaire, pour se donner le temps de les trouver, il avait pris, en vieillissant, la risible et déplorable habitude de répéter à chaque bout de phrase la locution *de manière que*... Quand on lui parlait, il avait toujours l'air attentif et très étonné, quoiqu'il fût bien loin d'être naïf, et il poussait avec sa langue sa joue creuse en vous regardant.

—Allez donc, vicomte !—fit madame d'Artelles,—tâchez de m'avoir des détails ; tâchez de savoir par quel diabolique talisman, cette femme qui n'est ni jeune, ni belle, dites-vous, a pris sur M. de Marigny un ascendant qu'elle n'a jamais perdu, tandis que cette pauvre petite madame de Mendoze, par exemple, tue sa jeunesse et sa jolie figure dans les larmes pour un homme qui a la monstrueuse ingratitude de ne pas même s'en apercevoir.

— C'est difficile, c'est difficile, répondit le vicomte. La drôlesse est insaisissable. Elle ne répond à aucune question et échappe à l'observation la plus aiguisée. C'est du feu grégeois ou du vif argent incarné... *de manière que... de manière que...*

—... Vous ne voyez rien à travers vos lunettes, mon cher contemporain ? interrompit la comtesse, jouant l'incrédulité avec une câlinerie perverse. Dois-je croire cela de votre ancienne sagacité ?

— Oui, ma chère, croyez-le, — fit le vicomte, obligé, acculé à être vrai. J'ai su les femmes autrefois. J'ai connu leurs mille diableries pour nous faire, quand ça leur convient, marcher à quatre pattes comme feu Nabuchodonosor. Mais, voyez-vous! la Vellini n'a pas d'analogue dans mon répertoire de souvenirs. On ne comprend rien à celle-là! C'est un logogriphe, c'est un hiérogliphe, c'est un casse-tête chinois, et peut-être est-ce tout cela qui fait sa puissance! Depuis quelque temps, j'ai cessé de la voir, mais je l'ai vue beaucoup autrefois, de *manière que* je puis bien la revoir encore. Seulement, je ne crois pas avoir à vous donner les détails dont vous êtes friande et que vous avez promis à madame la marquise de Flers.

— Hypocrite! fit encore l'astucieuse comtesse, en lui lançant deux regards d'une date reculée, presque tendres et qui prenaient en écharpe la fatuité de l'ancien *cavalier servant*. Est-ce que vous ne découvririez pas la pierre philosophale, si vous le vouliez...

—Enfin, j'essaierai! dit le vicomte, divinisé par l'idée que la comtesse avait de lui. Dans tous les cas, du reste, j'apprendrai à la señora le mariage prochain de mademoiselle de Polastron et de M. de Marigny, et je compte sur un fier tapage.

—Si le tapage, reprit la comtesse, peut empêcher le mariage, vous m'aurez donné mon dernier plaisir ; —et elle lui tendit la main, en appuyant sur ce mot, que la discrète délicatesse du vicomte n'osa relever, mais qu'il comprit. Il baisa cette main avec la douceur du souvenir, prit sa canne et s'en alla chez la señora Vellini.

Il faisait un clair de lune perçant et glacé. Le vieux vicomte qui aimait à marcher après son repas, arriva, tout en chantonnant, rue de Provence. Il monta les quatre étages qu'il connaissait bien, avec une jambe rajeunie à la fontaine de Jouvence de l'excellent dîner de la comtesse, et sonna à la double porte en tapisserie qu'une jeune fille — splendidement belle — vint ouvrir.

— Ah ! c'est monsieur de Prosny ? — dit la belle fille un peu étonnée de revoir un ancien visage probablement oublié.

— Lui-même ! repartit le vicomte. Comment te portes-tu, mon enfant ? — ajouta-t-il en passant la main sous le menton royal qui n'appartenait qu'à une soubrette, mais qui n'en était pas honteux. Comme toutes les personnes de son temps, M. de Prosny tutoyait les domestiques. — La señora est-elle visible, ce soir ?...

— Oui, monsieur, dit Oliva en débarrassant le vicomte de son manteau. Cette belle soubrette, à la taille de déesse, étalait une beauté étrange et une mise plus étrange encore. Elle avait des cheveux d'un rouge flamboyant, largement tordus sous un peigne d'écaille blonde, les bras nus et une robe de soie. C'était *mauvais ton* peut-être que cette mise pour une fille de service, chez qui rien n'indiquait la femme de chambre, si ce n'est le tablier blanc consacré. Elle éclaira de son bougeoir de cristal M. de Prosny et lui fit traverser plusieurs pièces. Elle marchait d'un pas résolu et voluptueux tout ensemble, et l'on entendait craquer sur les tapis le satin turc de sa bottine. Son ondoyante taille profilait d'alliciantes ombres sur les draperies qu'elle éclairait en passant. Il fallait que la señora Vellini eût une grande idée de sa beauté pour garder chez elle une camériste de cet air-là. Il fallait qu'elle eût l'orgueil immense qui naît de la force éprouvée. La plus altière du faubourg Saint-Germain aurait renvoyé haut la main une femme de chambre au port *si princesse* et qui, en tendant un plateau ou une lettre, prenait tout naturellement des attitudes à exposer *ses amies* et *soi-même* aux plus écrasantes comparaisons.

Quand on voyait Oliva, l'idée venait : Si c'est là la soubrette, qu'est donc la maîtresse ? Mais le vicomte de Prosny ne pouvait se prendre à une telle préface. Il connaissait la señora Vellini, et il devait la retrouver avec quelques années de plus.

IV

Une maîtresse-sérail.

L'appartement dans lequel Oliva-la-Rousse fit pénétrer M. de Prosny ne ressemblait guères à un appartement de femme. Si on en croyait les récits du vicomte à madame d'Artelles, la señora était peut-être d'un ordre un peu plus élevé que toutes celles qui font tomber des sequins en agitant leurs jupes, mais après tout, disons le mot, le monde qui ne veut que des situations expliquées, l'appelait une courtisanne. Eh bien, l'aurait-on dit en entrant dans cet appartement si fier et si sombre et qui ressemblait plus à un cabinet qu'à un boudoir?... Là, nulle mollesse, nul mystère dans le jeu des glaces, nulle combinaison scélérate dans le *jeté* des draperies; nul parfum provoquant ou révélateur. Les lambris sans aucun ornement étaient revêtus de cuir de Russie doré. D'immenses rideaux à l'italienne en velours froc-de-capucin étaient retenus par des torsades, or bruni et aurore. Sur la cheminée, tout bronze. Une assez belle glace de Venise s'y penchait. Des fauteuils en chêne sculpté étaient couverts d'un velours semblable au velours des rideaux, et le tapis d'une épaisseur inaccoutumée n'avait non plus que les deux sérieuses couleurs, brun et aurore. Du reste, pas de meubles attestant la présence d'une femme. Point de chiffonnière, point de corbeille. On eût pu se croire chez un homme, mais quel homme? Un homme d'action ou un penseur? Il n'y avait ni pipes ni armes contre les lambris, ni table à écrire, ni bibliothèque. Le seul meuble qui fût remarquable au milieu de cette nudité simple et ferme, c'était une espèce de lit de repos en satin vert, soutenu par deux images d'hyppogriffes, aux ailes reployées, et que l'artiste avait sculptés avec la plus ivre fantaisie.

Un tel appartement avec ses couleurs sévères n'était pas trop éclairé par le feu de la cheminée et deux lampes dont les globes de cristal colorié répandaient un jour à reflets changeants et incertains.

— C'est M. le vicomte de Prosny, señora : — fit Oliva à sa maîtresse, couchée à terre, en face du feu, sur une magnifique peau de tigre, et qui se souleva sur le coude pour dire bonjour au vieux vicomte.

— Eh quoi ! c'est vous ! C'est vous, dit-elle avec un peu d'étonnement comme Oliva. Et elle lui tendit la main avec une cordialité vive. — Le vieux galant, qui venait de baiser celle de ses anciennes amours, et qui avait la lèvre humide encore de la liqueur des îles de madame d'Artelles, serra cette main, mais n'osa l'embrasser.

L'historien de madame d'Artelles, M. de Prosny, n'avait rien exagéré. La señora Vellini n'était plus jeune et n'avait jamais été jolie. Oliva n'était donc point comme un degré de lumière, placé là par l'Orgueil enivré, pour monter d'une femme belle à une femme plus belle. Au contraire, — on descendait à une femme soudainement laide quand on regardait Vellini, l'œil ébloui par Oliva. La comparaison avait alors toute la surprise du contraste. Vellini était petite et maigre. Sa peau, qui manquait ordinairement de transparence, était d'un ton presque aussi foncé que le vin extrait du raisin brûlé de son pays. Son front, projeté durement en avant, paraissait d'autant plus bombé que le nez se creusait un peu à la racine; une bouche trop grande, estompée d'un duvet noir-bleu, qui, avec la poitrine extrêmement plate de la señora, lui donnait fort un air de jeune garçon déguisé, oui, voilà ce qui paraissait, aveuglait d'abord; ce qui choquait, au premier coup-d'œil, ce qui faisait dire aux yeux épris des lignes de la tête caucasienne : qu'elle était laide, la señora Vellini, surtout quand on la voyait, — comme ce soir-là, la voyait le vicomte, — hâve d'ennui, indolemment couchée sur sa peau de bête, réveillée de sa pesante rêverie comme un enfant fiévreux qui interrompt une sieste morbide dans la Maremme. Sa tête, trop penchée sur son cou flexible et qui semblait emporter le poids de son corps, lui donnait quelque chose d'oblique et de torve. Elle se repliait sur elle-même avec une espèce de pudeur farouche, — défiante et orgueilleuse, — et qui jetait des redoublements d'ombre sur sa laideur. Telle elle apparaissait... mais disons tout; pour peu qu'une passion ou un caprice la fît sauter debout; pour peu qu'un invisible coup de trompette, un accent réveillé des sentiments engourdis lançât le frisson dans sa maigreur nerveuse, et l'arrachât au sommeil de sa pensée... elle n'était pas belle non jamais! mais elle était vivante et la vie chez elle, valait la beauté dans les autres! L'Expression, — ce dieu caché au fond de nos âmes, — la créait par une foudroyante métamorphose. Alors, ce front envahi par une chevelure mal plantée, ce front d'esclave, étroit, entêté, ténébreux, grossissait, grandissait et commandait au visage. Ce nez, commencé par un peintre Kalmouk finissait en narines entr'ouvertes, fines, palpitantes, comme le ciseau grec en eût prêté à la statue du Désir. Les coins de la bouche allaient mourir dans des fossettes voluptueuses. Les yeux emplis par des prunelles d'une largeur extraordinaire, noirs, durs, faux, espionnants, tisons ardents d'un vrai *brasero* sans flammes, s'avivaient d'une clarté qui brûlait le jour. C'étaient des yeux infernaux ou célestes, car l'homme n'a guères que ces mots-là qui cachent l'infini, pour en exprimer la puissance. A coup sûr, c'étaient des yeux pareils qui avaient inspiré le distique klephte : « Un de tes cheveux que je m'en couse les paupières pour ne plus regarder d'autres yeux que les tiens ! » Ah ! dans ces moments-là, quelle revanche la señora prenait sur les femmes toujours belles! Mais l'émotion ne durait pas. Tout s'éteignait quand elle était envolée : et la nuit de sa laideur ressaisissait, redévorait Vellini en silence et restait lourdement sur elle, — comme un froid basilic se couche à la place où il a tout englouti...

Pour aimer cet être changeant, — beau et laid, tout ensemble, — il fallait être un poète ou un homme corrompu. Le vieux vicomte n'avait pas en lui un grain de poésie. Aussi ne comprenait-il rien aux éclairs de passion qui passaient sur Vellini, mais comme il était corrompu, blasé, et vieux de civilisation et de sens, il s'expliquait très bien qu'on put *s'arranger* de toute cette laideur.

— Eh bien? comment allons-nous, déesse du caprice? — fit-il avec une aisance familière, en s'asseyant dans un grand fauteuil pendant qu'Oliva disparaissait.

— Vous êtes aussi capricieux que moi, monsieur le vicomte, dit la Señora, comme un enfant gâté qui s'éveille. Vous veniez me voir autrefois. Vous veniez souvent. Vous aviez l'air de tenir à moi, mais baste! un beau jour, vous disparaissez, on ne sait pourquoi et on ne vous revoit... qu'aujourd'hui.

— J'ai été aux Eaux, ma petite, — reprit le vicomte, de *manière que*...

— Aux Eaux, sans bouger, pendant deux ans! — interrompit la Señora en éclatant de rire. Vous vous moquez de moi, vicomte; ou c'est une excuse d'après-dîner!

— D'après dîner, comment cela? dit le vicomte, rondissant ses yeux verts, l'air étonné, poussant sa joue avec sa langue. Voulez-vous dire que je suis gris?

— Non, vicomte, je vous sais prudent si

ce n'est sage. Vous avez une jambe malade qui vous interdit de vous griser, — dit-elle férocement, car elle s'ennuyait et pour passer le temps, elle eût jeté Prosny au tigre sur lequel elle était couchée, si l'animal avait vécu.

— Attends, drôlesse; pensa le vicomte, je vais te payer tout à l'heure tes réflexions sur ma jambe. — Mais la señora continuait :

— Non, mon cher vicomte, vous êtes en état de lucidité parfaite; mais vous avez dîné, bien dîné; peut-être chez quelque ancienne maîtresse, et après avoir eu toutes les jubilations de la table, l'ennui de l'intimité vous prenant, vous vous êtes dit qu'il serait drôle et nouveau de monter chez moi, et vous êtes venu. Le vin stimulant les réponses et donnant de l'esprit quand il n'en ôte pas : « Je lui dirai que je suis allé aux Eaux, avez-vous pensé, si elle me fait quelque reproche de mon absence, » et autre illusion produite toujours par les influences du dessert, « elle le croira. »

La Vellini serrait de près la vérité, mais elle ne la tenait pas. Elle ne se doutait point de la mission dont s'était chargé le vieux renard qu'elle venait de blesser et qui impatient de lui rendre dans sa vanité le coup qu'elle avait porté à son amour-propre en lui parlant de sa jambe, se tut une minute ; puis entra résolument en matière par la question directe :

— Est-ce que vous voyez toujours M. de Marigny ?

— Certainement, fit la señora avec nonchalance.

— Mais y a-t-il longtemps qu'il n'est venu chez vous, señora ? — reprit M. de Prosny en plongeant sur elle des yeux avidement cruels.

Il la dominait puisqu'il était assis sur le

fauteuil et elle à terre. Elle était changée depuis deux ans. Elle avait vieilli. L'égoïste, blessé par elle dans le sentiment de ses infirmités physiques, vit que la raie des cheveux s'était élargie, que quelques fils d'argent apparaissaient dans le miroir noir des bandeaux. Elle avait une espèce de blouse de soie sans corset, fixée par une ceinture. Ses pieds nus, aussi bruns que sa joue, étaient *au large* dans des pantoufles de velours brodées de perles. Traître costume qui montrait bien qu'elle n'avait plus ses vingt-cinq ans! La seule chose immortelle était la grâce indolente et jeune avec laquelle elle posait sa petite main sous la griffe d'or de sa peau de tigre, en écoutant M. de Prosny.

— Mais il y a une huitaine, — répondit-elle ; — il vient quand il veut ; il est libre. Qui se voit tous les jours après dix ans ?...

— Et dix ans qui n'ont pas été, dit le vicomte, d'une fidélité parfaite. C'était le premier coup de dent de sa rancune, il allait passer au second.

Cela ne l'irrita point. Elle ne répondit pas comme une prude : « Qu'en savez-vous ? » mais placidement, et avec cette mélancolie qu'ont les femmes qui ont cherché le bonheur et qui n'ont trouvé que l'amour !

— Lui ni moi, n'avons été fidèles. Notre liaison a été singulière, — ajouta-t-elle en rêvant tout haut, car, pourquoi aurait-elle dit ces choses au vieux Prosny ?... Nous nous sommes plus haïs qu'aimés !

— Alors, tant mieux ! — dit le vicomte ; — car voici le denoûment qui arrive et je ne voudrais pas vous voir malheureuse. Vous savez sans doute le mariage de M. de Marigny ?

— Je le sais, vicomte, — fit-elle gravement, — mais pas par *lui*.

Le vicomte étudiait cette tête de bronze. Un sillon de la foudre de beauté qui partait de l'émotion du cœur, y passa. Mais ce fut trop rapide pour être aperçu d'un observateur sans portée comme l'était M. de Prosny.

— Oui, je le sais, reprit elle : en portant vivement à sa bouche la main qu'elle avait mise sous la griffe d'or de la peau de tigre. — La griffe acérée, trop durement appuyée par elle, avait trouvé le sang qui coulait et qu'elle suça tranquillement. — *Ils* sont venus de partout me dire que Marigny allait se marier. A chaque femme qu'il a eue dans *votre* monde ou dans le mien, *ils* sont venus m'en avertir! Ne l'ai-je pas toujours su d'avance, la veille même du jour où ces femmes se donnaient à lui? Moi-même, ne l'ai-je pas souvent renvoyé vers elles lorsqu'il s'en revenait vers moi? Aujourd'hui, au lieu d'un amour, c'est un mariage...

— C'est un amour et un mariage, fit l'implacable vicomte.

— Et bien! c'est un amour et un mariage, si vous voulez, répondit-elle. Mais ce n'est pas un dénoûment. De dénoûment à la liaison qui existe entre Marigny et moi, il n'y en a pas, monsieur de Prosny!

— Ma foi, señora, — dit de Prosny d'un ton de plaisanterie, mais dépité, au fond, de trouver cette femme invulnérable; — l'orgueil est une superbe chose et vous savez mieux que moi pourquoi vous en avez... mais votre Oliva est moins belle que mademoiselle Hermangarde de Polastron, la fiancée de M. de Marigny, et le diable m'emporte, il en est fou... de *manière que*...

— ... De manière que Vellini qui est vieille et laide, — interrompit-elle avec ironie, — n'a plus qu'à se jeter par la fenêtre si elle aime encore M. de Marigny?

Il y avait de l'amertume dans sa voix en parlant ainsi au vicomte, mais nulle colère n'enflammait ses yeux noirs, profonds comme le velours qui absorbe la lumière sans la renvoyer. Ils étaient ternes, las, ennuyés, mais calmes, comme ils étaient quand le vicomte était entré. Et le pauvre homme était si ébahi de ce calme imprévu, qu'il n'avait jamais poussé plus laborieusement contre sa joue une langue réduite à manquer de réplique. Il s'attendait à une colère cramoisie et il en aurait joui en amateur et en connaisseur véritable. Au lieu de cela, il se trouvait que la señora avait le caprice du plus beau sang-froid... C'était désappointant !

— La conclusion serait un peu dure, — dit de Prosny qui ne savait que dire...

— Si ! fit-elle, — en changeant de ton et de posture, — mais heureusement ou malheureusement — reprit-elle d'une note moins sonore, — il n'y a point de conclusion ! —

Elle fit un petit mouvement d'une impertinence adorable et jeta en l'air du bout de son pied sa pantoufle, qui, après deux tours vers le plafond, alla retomber sur le lit. Son mouvement découvrit une délicieuse jambe de promesse et de perdition qui donna comme un soufflet du diable dans les yeux alléchés du vicomte de Prosny. C'était une de ces jambes tournées pour faire vibrer, dans les plus folles danses de l'amour, le carillon de tous les grelots de la Fantaisie et autour desquelles l'imagination émoustillée s'enroule, frétille et se tord en montant plus haut, comme un pampre de flammes monte autour d'un thyrse. L'Espagne avait autrefois failli d'être perdue pour une jambe pareille, lorsque la voluptueuse Cava mesurait la sienne avec des rubans jaunes aux yeux fascinés du roi Rodrigues, embusqué derrière sa jalousie.

— Pécayère ! fit le vieux Prosny, en flûtant sa voix libertine.

— Eh bien, après ? — dit-elle d'un ton sec en roulant d'un revers de sa main les plis de sa robe autour de ses chevilles, et avec une expression d'yeux à rappeler au vicomte Chastenay de Prosny qu'il n'était pas le roi Rodrigues, mais un diplomate en fonctions.

— Vous voilà maintenant le pied nu, — reprit le vicomte rentré dans le sentiment de son rôle, mais resté sous l'empire de la grâce physique qu'elle avait, — vous voilà le pied nu comme une magicienne qui *va faire son charme*...—Il se souvenait du mot de talisman employé par madame d'Artelles, — et vraiment il faut que vous en ayiez un bien puissant et bien subtil pour n'avoir pas peur de la belle Hermangarde de Polastron.

— J'en ai un ! dit-elle d'un air mystérieux et fin, en mettant son doigt sur sa bouche, comme une des sorcières de Macbeth.

Se moquait-elle de lui ? ou comme les femmes de son pays méridional, avait-elle quelque superstition à laquelle elle rattachait son union avec Marigny, et qui, pour elle, en sauvegardait la durée ? Elle avait, avec son front ténébreux, je ne sais quoi de sauvage, de bohémien, d'étrange. Elle chantait souvent, — une espèce de ballade en prose ! — qu'étant grosse d'elle, sa mère un jour avait donné l'aumône sous le porche d'une église, à une Gitana accroupie qui la fixa de ses longs yeux de feu, tout en lui tendant sa main sèche. Elle ressemblait beaucoup à cette femme, lui avait répété sa mère. La ressemblance était-elle aussi à l'âme ? Et comme la peuplade vagabonde à laquelle appartenait cette mendiante, l'amour des croyances merveilleuses asservissait-il sa pensée ?

Mais le vieux débauché du XVIIIe siècle ne vit rien de cette poésie muette, qui, par hasard, se rencontrait rue de Provence, n° 46, au sein de la plus spirituelle et de la plus prosaïque des villes de la terre. Il ne vit dans tout cela que des réalités piquantes, l'esclavage des plaisirs dépravés. Il interpréta avec son imagination corrompue le mot et l'air de la señora :

— Vous êtes deux grands scélérats ! — dit-il avec une gaîté qui n'excluait pas la convoitise, en pensant à Marigny et à elle. — Pour tenir si bien l'un à l'autre, il faut qu'il y ait des crimes entre vous !

V

Les Adieux.

Le vicomte de Prosny resta jusqu'à onze heures et demie chez la señora, mais en vain eût-il la finesse de l'ambre dont il était parfumé, il ne put pénétrer la secrète pensée de Vellini. Il n'était pas bien sûr qu'elle ne fût pas désespérée, et il n'était pas sûr non plus qu'elle n'affectât pas la sécurité. S'il ne lui avait pas appris le mariage de Marigny, si vraiment, elle le savait, la pensée de madame d'Artelles ne se réaliserait donc jamais. Comment s'expliquer que la señora restât tranquillement sur sa peau de tigre, au lieu de devenir tigresse elle-même; au lieu de se répandre en de tels éclats que madame de Flers fût bien parfaitement convaincue du danger et du ridicule qu'une femme de ce genre jetterait sur Hermangarde si elle épousait Marigny?... Dans tous les cas, c'était une déception complète. Elle n'avait pas même bougé ; elle n'avait pas crié ; elle n'avait rien cassé; elle n'avait pas enfin eu l'ombre d'une seule de ces belles colères, à la Charles-le-Téméraire, après Granson, qu'il lui avait vues autrefois, — car la Vellini était effroyablement violente, — pour des sujets, selon lui, de bien moindre importance. Les résultats de sa première visite n'étaient pas brillants; il le sentait bien. Aussi, eût-il été d'une humeur massacrante, s'il n'avait pas admirablement digéré.

En s'en allant, il rencontra M. de Marigny sur l'escalier. Ils se voyaient souvent dans le monde. Ils se saluèrent en s'abordant.

— Eh, eh! — dit M. de Prosny en ricanant de sa bouche vide, — vous êtes donc un infidèle ce soir à votre belle fiancée, monsieur de Marigny? Vous n'êtes donc pas chez madame de Flers?

— Ni vous, monsieur, — répondit Marigny d'un ton froid et caustique, — chez madame d'Artelles?

— J'y ai dîné, — reprit le vicomte, — mais après le café et pour prendre un peu l'air que j'aime à prendre quand j'ai dîné, je suis venu faire une petite visite à la señora. Il y avait longtemps que je ne l'avais vue et je l'ai trouvée bien vieillie, bien changée, cette chère señora, — et il poussa sa joue avec sa langue, comme s'il eût été réellement stupéfait du changement de Vellini ! — avec votre mariage auquel elle ne devait guère s'attendre, ni vous non plus, vous allez lui donner le coup de grâce à la pauvre diablesse, de *manière que*... de *manière que* j'ai pensé qu'une visite de condoléance..

— ... Faite à l'avance, — interrompit Marigny.

— ... Serait une attention de la part d'un ancien ami, — reprit le vicomte, sans avoir eu l'air d'entendre ce que M. de Marigny avait ajouté, — car après tout, j'ai toujours aimé la Señora, une bonne fille au fond quoique vive comme le salpêtre, mais une bonne fille, comme je le disais. D'ailleurs laquelle même la plus douce de ces pauvres brebiettes du bon Dieu, se verrait tranquillement planter là après une emphythéose de dix ans ! Dix ans ! par le ciel ! c'est une prescription, cela, c'est presque un droit de propriété incommutable de *manière que*... je parierais un bon coup d'épée (l'ancien bretteur se retrouvait toujours chez le vieux Prosny) que vous ne serez pas quitte de si tôt du chat enragé qu'elle va vous jeter aux jambes, mon pauvre Marigny !

— Vous croyez ? — dit Marigny avec une légèreté assez méprisante. Et bien, c'est ce que nous verrons, monsieur de Prosny. — Et il le salua, continuant de monter l'escalier pendant que le vicomte le descendait, grommelant dans les plis de son manteau sous lequel il avait coulé son nez comme un héron fourre son bec aigu dans ses plumes :

— Si elle s'est tue, cette infernale Señora, qu'il faudrait soumettre aux tortures de l'inquisition, si on voulait la faire aller à confesse, j'en ai dit assez, moi, pour qu'elle reçoive ce Marigny qui a l'air de ne douter de rien, sur un fier épieu ! allons, allons, il y aura ce soir de la discorde dans Agramant !

— Vieille et taquine espèce ! pensa Marigny, montant toujours. Il n'aimait pas cette visite, faite à sa maîtresse par le vicomte après un éloignement si prolongé. Il connaissait l'antipathie, si voilée qu'elle fût, de madame d'Artelles. Il se douta de quelque manigance dont l'ancien cavalier servant de la comtesse était l'instrument. Quand il entra chez la Señora et qu'il surprit l'attitude et la physionomie de cette dernière, il n'eut plus de doutes, il vit clair.

La Vellini était retombée sur sa peau de tigre après le départ du vicomte. Elle n'y était plus à moitié soulevée, mais couchée à plat sur le dos comme une morte ou comme une mourante. Elle avait mis un mouchoir sur sa figure pour cacher sans doute ses impressions à Oliva. Elle était tellement accablée, ou peut-être tellement refoulée sur elle-même qu'elle n'entendit point le pas si connu de Marigny quand il souleva la portière et qu'elle resta gisante, immobile et voilée.

Il y avait dans ce torse ainsi jeté, si délié et si souple, une contraction qui n'échappa point à Marigny, et qui accusait l'effort intérieur ou l'angoisse.

Il s'approcha, la prit subitement et doucement par dessous les reins et l'enleva ainsi avec sa peau de tigre, comme une mère enlève son enfant dans la mante où elle l'a couché.

— Tu souffres ? qu'as-tu? lui demanda-t-il en lui arrachant son mouchoir.

— Je n'ai rien, dit-elle, prête à l'imposture; cachée, pensait-elle, par sa volonté sous son frêle masque de batiste.

Mais lui, la portant devant une glace;

— Regarde comme tu ments ! dit-il, en opposant le visage livide à la parole indifférente.

Groupe fier et beau, après tout, que cette femme aux pieds bruns et nus, au visage tourmenté, aux larmes dévorées, dans les bras de cet homme sympathique à sa douleur cachée, debout, la tête nue, enveloppé encore du manteau qu'il n'avait pas pris le temps de détacher et sur les pieds duquel pendait avec ampleur la peau de tigre aux griffes d'or.

— Laisse moi, Ryno, fit-elle avec un soubresaut violent, comme honteuse de la trahison de son visage.

Ryno, c'était le nom de M. de Marigny. Né dans les dernières années de l'empire, époque où les poésies d'Ossian avaient un succès impérial, on l'appela comme un des héros de Macpherson. Ridicule pour tout autre que lui, ce nom idéal allait bien à la taille et à la figure d'un homme d'une distinction presque grandiose et dont la vie, les ressources et les aventures étaient entourées d'un nuage.

Il était probablement accoutumé aux façons sauvages de la Señora, car il la contint sur sa poitrine, — avec effort, il est vrai, — mais il la contint.

— Non, non, — dit-il, — pourquoi veux-tu m'échapper? Qu'est-ce que cette commère de vicomte est venu te conter pour bouleverser ainsi ce méchant front-là? — ajouta-t-il avec une gaîté sans accent sincère en s'asseyant sur le divan et en la prenant sur ses genoux.

— Il ne m'a dit, — répondit-elle gravement, — que ce que je sais, que ce que tu m'as dit toi-même. Il a cru m'apprendre quelque chose en m'apprenant ton mariage avec mademoiselle de Polastron.

— Ame fière, il t'aura blessée, fit Marigny.

— Moi ! — dit-elle avec des yeux d'éclairs et une voix digne de Médée. Est-ce que les âmes fières sont à la disposition du premier venu qui veut les faire souffrir ? — Et le dédain se gonflant en elle lui donna cette beauté sublime qui, sans cesse, communiquait soudainement à cet être laid et chétif une incroyable toute-puissance.

M. de Marigny fut-il dominé par l'impression de cette beauté qui s'allumait comme un flambeau, ou par un de ces souvenirs qui renouvellent le passé même, toujours est-il que l'amoureux de la belle Hermangarde fit à sa fiancée l'infidélité d'un baiser.

Il lui fut rendu avec fureur, mais comme

si l'amour et la haine étaient en Vellini autant que la laideur et la beauté.

— Laisse-moi ! — répéta-t-elle encore, cette fille de tous les contrastes, — je ne veux pas de tes baisers ; tu m'es odieux, je te déteste. —

Disait-elle vrai ?... Quelquefois les femmes ont de ces mots contradictoires qui donnent aux caresses quelque chose de plus involontaire. L'Orgueil de l'amant y gagne ; la Volupté aussi, mais elle ignorait ces calculs.

— Oui, je te déteste, — reprit-elle, toute pâle de ce baiser convulsif. Je te hais comme tout être fier, fait pour être libre, doit haïr la destinée qui l'opprime. Tu es la mienne depuis si longtemps ! Le seras-tu toujours ? N'y aura-t-il pas un moment dans la vie où tombera la chaîne que je porte ?

— Crois-moi, Vellini, il y en aura un ! —

reprit Marigny sans étonnement, sans colère.

Couple étrange qui parlait ainsi, avec des lèvres qui venaient de se joindre, — plus fabuleux à ce qu'il semblait que les monstres sur le dos desquels il était assis!

—Ah! je ne te crois pas — fit-elle, — n'ai-je pas essayé cent fois de m'affranchir entièrement de toi? Toi aussi n'as-tu pas essayé de mettre en pièces ce lien funeste! Avons-nous pu jamais, Ryno? N'est-il pas resté sur nous, autour de nous, en nous, comme les nœuds redoublés d'un serpent? Rien n'y a fait. Ni la douleur venue par toi. Ni le bonheur venu par les autres. J'ai bien souffert de ton abandon, quand tu m'as quittée pour des femmes plus jeunes et plus belles; mais enfin je me suis consolée. J'ai aimé aussi ou du moins j'ai tâché d'aimer aussi de mon côté comme tu aimais! Eh bien, cette liaison brisée s'est toujours renouée pour se briser et se renouer encore! Etait ce caprice? Etait-ce habitude? C'était quelque chose de plus ou de moins que l'amour! Tu me revenais quand je t'attendais comme si nous avions deviné, moi, ton retour; toi, mon attente! Aujourd'hui tu te maries à une jeune fille aimée. Moi, je suis bien sûre de ne plus t'aimer, et pourtant nous voici tous deux à la même place que depuis dix ans! Avant que tu ne fusses entré, j'avais bien raison de dire au vicomte qui croyait me percer le cœur en m'apprenant ton mariage, qu'il n'y avait point de dénoûment possible à cette fatale et triste liaison!

— Il faut pourtant qu'il y en ait un, Vellini, — dit Marigny avec le ton résolu d'un homme qui se reprocherait une faiblesse. Si nous avons cessé de nous aimer, du moins nous sommes restés sincères. On ne trompe pas quand on a l'âme un peu haute et quand d'ailleurs on ne s'aime plus. Ce soir, Vellini, j'étais venu pour faire ce que je n'ai pas fait avec toi, chaque fois que je t'ai quittée, pour te dire un suprême et dernier adieu.

— La force de ton âme t'abuse, Ryno, — fit-elle avec une foi désespérée, — si tu crois à des adieux éternels. Tu me reviendras ! Je te le dis sans frémissement de joie, sans orgueil, sans triomphante jalousie ; tu passeras sur le cœur de la jeune fille que tu épouses pour me revenir.

— Non, — dit-il, — non ! Je sais ta puissance, Vellini ; mais j'aime cette enfant chaste et charmante, fille d'un monde défiant et qui cependant s'est confiée. Je ne saurais l'exposer à souffrir des douleurs immenses pour prix de m'avoir aimé et choisi.

— C'est bien, dit-elle : c'est noble et loyal

à toi, que de penser cela. Mais combien as-tu aimé de femme depuis dix ans pour te donner le droit de croire à la durée des mouvemenꞁs les plus généreux de ton cœur?

— Ah!—répondit Marigny avec une profondeur exaltée, — je n'ai jamais aimé personne comme elle, pas même toi, Vellini, pas même toi! Les sentiments que tu faisais bouillonner dans mon cœur à vingt ans, elle les a fait renaître dans un cœur de trente, vieux et usé. Elle a ressuscité en moi la faculté d'aimer et elle l'a rendue aussi fraîche, aussi abondante, aussi pleine que dans les premiers moments de la jeunesse et de la vie. Non, je n'ai jamais aimé personne d'un pareil amour. Les sens, l'imagination, le caprice, les besoins du cœur qui ne meurent pas tous le même jour m'ont entraîné de bien des côtés différents. Mais je gardais toujours une partie de moi-même. C'était cette moitié qui te revenait, Vellini ! Aujourd'hui tout retour devient impossible. Hermangarde m'a tout entier.

— Jurerais-tu de cela ? dit-elle avec un sourire incisif dont il comprit la raillerie.

— Ah ! le baiser de tout à l'heure ! fit-il, mais n'ai-je pas dit que je sais ta puissance, ta puissance inouïe par moments, invincible, étrange, inexplicable, qui n'est pas l'amour, qui n'est même pas le souvenir de l'amour ? C'est cela même que je veux fuir, Vellini. Je ferai mieux que ce sultan qui mettait un sabre entre lui et sa maîtresse. Je mettrai entre nous l'absence, — le meilleur glaive qu'il y ait pour couper tous les liens du cœur.

— Eh bien ! puisses-tu dire vrai, après tout, s'écria-t-elle, — puissions-nous vivre éloignés, toi heureux et moi du moins libre ! Nous ne devions pas nous aimer, tu le sais : tant qu'il a duré, notre amour n'a produit qu'orages, — des ivresses folles et des angoisses infinies ! Quand il a cessé, il nous est resté les angoisses; et si d'anciennes et d'incompréhensibles ivresses les ont parfois traversées, ah ! que nous les avons maudites ! Quelle vie, mon Dieu, nous avons menée ! rien entre nous n'a été paisible. Tout a été trouble, querelle, insomnie, pourquoi, Ryno, nous aimions-nous ? Nos âmes se choquaient à travers les embrassements de nos corps. Elles se ressemblaient trop. Je suis aussi fière que toi, aussi impérieuse que toi. C'est peut-être ce qui explique cette trop longue intimité agitée et cruelle, mais si c'était là, Ryno, ce qui devrait l'éterniser. Peut-être me revenais-tu parce que ton âme orgueilleuse n'avait pu abaisser la mienne, et t'en retournais-tu de fatigue de n'avoir pu la plier et la surmonter. Ah! ce qu'il te faut, mon ami, c'est une femme douce et tendre qui aime avec abnégation; c'est une âme sur qui tu règnes et avec qui tu puisses te montrer généreux.

— Je l'ai trouvée, dit Marigny. Je l'épouserai dans quelques jours et je partirai avec elle.

— Adieu donc, Ryno! — fit Vellini; — va-t-en, laisse-moi pour toujours. Tu vois, je ne suis plus jalouse. Cette Hermangarde de Polastron dont tu parles avec l'enthousiasme de tes jeunes années, m'inspire moins de jalousie que cette comtesse de Mendoze que peut-être tu n'aimais pas. J'ai le calme des choses éteintes. *Florinda perdio su flor*. Oui, adieu, Ryno, tu peux partir. Tu as raison, s'il est un moyen humain de clore une relation qui a trop duré, c'est de s'éloigner l'un de l'autre. Si tu restais, serait-il sûr que l'ennui de ton âme ne te repoussât pas un soir chez la triste Vellini ? Nous reprendrions le joug exécré. Hélas ! il m'est impossible de ne pas croire que nous le reprendrons un jour. Tu sais pourquoi ? ajouta-t-elle, mêlant à son regard profond un sourire :

— Eh quoi, *toujours cette folie?* dit Ryno.

— Oui, toujours ! — mais va ce n'est pas une folie : fit-elle avec un accent bas comme celui de la destinée quand elle nous parle au fond du cœur.

Elle n'avait plus le ton hautain qu'elle avait pris avec le vicomte de Prosny. Elle exprimait les mêmes sentiments, mais ce ce n'était plus l'accent si ferme, la tête si droite. Elle était revenue à la vérité de sa tristesse. Cœur fier, elle n'avait point à cacher sa blessure à Marigny. Elle pouvait montrer sa fatigue. Ne la partageait-il pas ?

Ne souffrait-il pas du même esclavage ? N'était-ce pas de sa part, comme de la sienne, la même ardente envie de s'en affranchir ?...

Ce furent de longs et de froids adieux. Il n'y eut ni larmes, ni étreintes, ni sanglots étouffés, ni dernières caresses. Marigny était redevenu l'amant d'Hermangarde. La beauté instantanée de Vellini s'était perdue dans l'accablement de son âme. Elle n'avait plus aucun prestige. Elle était désarmée jusque de cette haine dont elle parlait, il n'y avait qu'un moment encore, tout en se cabrant sous un baiser de feu. Elle était morne comme le Dégoût. Ramassée sur elle-même, sans pâleur éloquente, sans vermillon à la joue, froncée, crispée, jaune comme une feuille flétrie qui prend chaque jour plus de poussière dans ses plis, la tempe creuse, les lèvres rigides, les sourcils entassés sur ses yeux sinistres, elle ressemblait à la

Maugrabine qui avait tant frappé l'imagination de sa mère ! L'impression qu'elle causait à son ancien amant était glacée, il ne la tenait plus sur ses genoux ; leurs bras s'étaient dénoués, et ils étaient placés assez loin l'un de l'autre sur le divan verdâtre, — sur ces hyppogriffes, symboles d'un caprice qui ne les enlevait plus sur ses aîles !

Combien de temps demeurèrent-ils dans ce silence, gros de pensées ? — ils ne le surent pas. Mais la nuit s'avançant, Oliva, étonnée de ne rien entendre venir de l'appartement de sa maîtresse, entra et les vit debout, tous les deux, auprès du feu qui s'éteignait. M de Marigny ramenait à ses épaules le manteau tombé sur le divan. Il allait sortir. Quant à la Señora, elle était impassible.

— Éclairez M. de Marigny, — fit-elle à Oliva, — et en revenant apportez-moi une cassette de bois de santal, posée sur l'étagère de ma chambre.

— *Buenas tardé!* — ajouta-t-elle dans sa langue, comme elle disait à Marigny depuis des années, chaque soir, qu'il allait la quitter.

— *Conquè vamos!* — répondit il avec un accent qu'il tenait d'elle. — Et sans lui prendre une main qu'elle ne lui tendit pas, il suivit Oliva, dans une disposition singulière et entre-mêlée que connaissent seuls les hommes qui ont rompu avec ce qui fut longtemps la vie et qui ne peuvent plus s'attendrir.

Oliva revint avec la cassette.

— Rallumez le feu, — dit la Señora et elle ouvrit le précieux coffret.

Elle en tira un médaillon, enchâssé dans de l'or. — C'était un riche portrait de Marigny, porté autrefois, mais qu'elle ne portait plus.

Le feu reflamblait, grâce à Oliva.

Alors avec un mouvement de panthère, la Vellini précipita dans la flamme, le médaillon, portrait, or et tout. L'or fondit, mais comme si la frêle image déjà dévorée n'eût pas brûlé assez vite au gré de son brutal caprice, elle saisit la barre de fer au foyer et frappa avec furie la place où elle avait disparu, brisant, écrasant, broyant les charbons enflammés. Chose inouie! elle redevenait belle. Dans l'emportement de son action, la tresse de ses cheveux s'était détachée et pendait sur sa maigre épaule. Le brasier dévorant était pâle en comparaison du feu qui lui sortait par les yeux.

Elle broyait... broyait. Pour un fait à peu près pareil, lord Byron avait été jugé fou par la sagace et raisonnable Angleterre, mais

Oliva, malgré ses cheveux d'or brûlant, n'était pas Anglaise. Elle servait la Señora depuis quatre années, et elle lui laissa passer sa fantaisie sans stupéfaction et en silence... Elle en avait vu bien d'autres sans doute...

— Señora, — dit-elle quand la barbare eut fini sa destruction, — M. de Cérisy vous attend dans le salon.

— Que m'importe ! — fit l'impérieuse Espagnole, — qu'il attende ou bien qu'il s'en aille, je veux passer la nuit ici. — Et elle prit dans l'écrin resté ouvert un petit flacon taillé à facettes. Elle en souleva le bouchon et but d'un trait ce qu'il contenait.

— Mais, Señora, — dit la suivante, — il s'impatiente depuis deux heures. Il vous a demandée dix fois.

— Tant pis! — dit-elle avec la fierté de la délivrance, — je suis libre, je n'obéis plus à personne. — Et elle se coucha sur le divan.

L'orgueil trompait l'orgueil en elle, car à qui, — si ce n'est à elle-même, — avait elle jamais obéi ?

VI

La curiosité d'une Grand'Mère.

De tous les bonheurs qui se paient, le plus joli, le plus gracieux et le plus pur, — mais aussi l'un des plus chers, — c'est le bonheur qui précède le mariage, — qui le précède seulement de quelques jours. C'est vraiment délicieux ; rien n'y manque, — pas même cette ombre de mélancolie qui veloute le bonheur comme certain duvet veloute les pêches, quand on se retourne vers sa vie de garçon, du milieu des bijoux et des bracelets qu'on achète, anneaux symboliques, emprises pour deux ! Chaque matin, on envoie pour soixante francs, — ou davantage, selon la saison, — des plus belles fleurs à sa promise qui les effeuille en rêvant tendrement aux dentelles de sa corbeille ; dernier rayon de chevalerie, mourant sur des fleurs qui vont mourir ! dernier hommage que les hommes égoïstes offrent encore à la femme qu'ils aiment, — ou qu'ils n'aiment pas, — mais qu'ils épousent.

Ce culte pieux rendu à la jeune Vierge qui va devenir une Madone, M. de Marigny, — l'un des *beaux* de ce temps, — le pratiquait avec une ferveur d'amabilité d'autant plus grande qu'elle prenait sa source dans un amour vrai. Ce que tant d'hommes froids font par bon goût, par orgueil ou par un sentiment supérieur d'élégance, il le faisait, lui, pour toutes ces raisons et pour une autre qui est la meilleure, la raison des cœurs bien épris. En dehors de l'amour il eût encore été, au point de vue du monde et de ses appréciations, le plus charmant des fiancés, mais il aimait... et cet amour donnait aux moindres détails une valeur infinie et transfigurait les bagatelles. Son sentiment, frémissant et contenu par ces barrières de cheveux que l'on appelle les convenances, jetait sur toutes choses l'écume brillante de ses ardeurs dévorées, de ses docilités douloureuses. Il attestait sa force par la souplesse de son obéissance, et ne pouvant se parler dans les bras, il se parlait aux pieds et il s'inventait des langages pour remplacer cette grande langue qui lui manquait encore et dont il ne devait prononcer les mots trop brûlants que dans quelques jours. Aussi, à tout moment, Ryno de Marigny entourait-il Hermangarde de ces mille délicates attentions qui traduisent l'idée fixe autour d'une femme en ravissantes et légères arabesques, qui la chiffrent sous chaque regard et sous chaque pas, et il mêlait tellement son âme à ces soins officiels et obligés pour tout homme du monde, et qui sont si souvent les truchements d'un cœur qu'on n'a pas, qu'on y sentait comme un avant-goût des caresses. Les petits soins sont les grands pour les femmes. Sachant mieux que les hommes jouer avec leurs sentiments les plus sérieux sans les diminuer, elles sont en général très sensibles à l'expression d'un sentiment plein de vigueur et de fougue qui ajoute à sa magie celle de la légèreté et de la grâce. Cela était vrai surtout pour la marquise de Flers. Née sous Louis XV, le Bien-Aimé, elle était plus femme qu'une autre femme, et elle admirait bien plus qu'Hermangarde, trop enivrée pour rien discerner, les ressources de cet amour toujours éloquent dans ses façons multiples de s'exprimer et qui Protée changeant et présent, avait l'art des métamorphoses.

Et cependant quoique sous le coup de ces impressions sans cesse renouvelées, madame de Flers gardait dans son cœur le souvenir alarmé des paroles de madame d'Artelles! Elle n'avait point agi encore vis-à-vis de son futur petit-fils. Pourquoi avait-elle attendu? L'espoir qu'elle avait eu d'abord de tout éclaircir et de tout savoir était-il détruit? Y avait-elle renoncé? Quand elle aurait voulu oublier les confidences de son amie, elle ne l'aurait pas pu, avec une femme aussi prévenue que la comtesse, qui perpétuellement la harcelait, qui perpétuellement venait tendre sa toile d'araignée autour d'elle avec la persistance de l'habitude, qui lui promettait des renseignements *certains* sur cette liaison toujours subsistante entre Vellini et Ryno, qui ne les lui donnait pas, mais qui allait toujours les lui donner. D'ailleurs madame de Flers ne se dissimulait point qu'une telle liaison, si elle existait, exposerait Hermangarde à l'un de ces malheurs pour lesquels le monde n'a que des plaisanteries cruelles ou une fausse pitié. Madame d'Artelles, de son côté, ne voyant pas venir ces renseignements qu'elle annonçait à grands sons de trompe, cornés journellement aux oreilles de son amie, devait craindre que l'indulgente marquise ne fût retombée tout doucettement sur le duvet de sa première sécurité. Comme on l'a vu, le furet de la comtesse d'Artelles, M. de Prosny avait fait une chasse malheureuse. Vellini n'avait donné aucune prise sur elle. Elle n'avait montré ni amour blessé, ni ressentiment en apprenant le mariage qui, selon les prévisions de la comtesse et du vicomte lui devait faire pousser des cris d'aigle abandonnée! Depuis sa première visite, M. de Prosny était retourné chez la *créature*, comme disaient ces aristocrates de naissance et d'hypocrite moralité, mais avec sa taquine finesse, le tact animal de la femme qu'elle possédait à un degré très-éminent, la *créature* avait dépité le très-noble et le très-rusé vicomte. Il ne savait pas la rupture consommée de gré à gré entre les deux amants. « Marigny, — disait-il à madame d'Artelles et à madame de Flers qui lui laissaient son franc parler, — aura donc une jeune femme et une vieille maîtresse. J'ai connu de ces palais blâsés qui revenaient au piment après avoir mangé des ananas. » Ces dames se récriaient à ces horribles paroles, mais elles étaient une raison de plus pour que la marquise de Flers prît enfin une résolution.

Elle la prit en femme d'esprit et de cœur qu'elle était. Elle abandonna ce système de ruses, d'espionnage, de fausse finesse, qui avait tenté madame d'Artelles, et elle pensa qu'il valait mieux aller droit à la difficulté et vivement. Elle s'arrêta à ce qu'il y avait de plus simple, et abandonna sans efforts toutes les petites complications; agissant, en cela, comme les plus grands diplomates qui, — contrairement à la réputation qu'on leur fait, — ne rusent presque jamais, mais l'emportent, dans toute affaire, par la netteté de leur décision. Au fond, elle estimait beaucoup M. de Marigny, sans raison tirée des faits extérieurs, mais d'intuition, de pressentiment, à la manière des femmes qui ont du tact. Sur des organisations d'un ordre élevé, Marigny ne manquait jamais d'agir avec une énorme puissance. Il n'avait d'ennemis que les gens vulgaires. Même physiquement, il les choquait. Oh! mon Dieu, oui! il les choquait, ces délicats! Il fallait les entendre. On le critiquait dans sa mise, dans sa physionomie, dans sa personne extérieure, — la pire critique pour les gens du monde. Quoi d'étonnant? Avec les mœurs égalitaires et jalouses de notre temps, il y a des physionomies qu'on voudrait briser comme une couronne. C'est de la royauté de droit si divin pour cette plèbe qui n'y croit plus! M. de Marigny avait l'éclatant malheur et le danger d'une de ces physionomies, réparties non-seulement dans les traits de la face, mais dans le corps, les attitudes, l'être tout entier. Aussi qu'on écoutât les commères mâles et femelles qui imposent leur jargon aux opinions des salons de Paris, que ne disait-on pas de lui? Le voile diaphane et brun délicatement lamé d'or de la moustache orientale qui lui retombait sur la bouche, cachait mal le dédain de ses lèvres! Ses cheveux qu'il portait longs et et qu'il soignait avec un culte, indigne d'un homme d'esprit, répétaient gravement les caillettes, donnaient une expression trop théâtrale à cette figure où les clartés de l'intelligence se jouaient dans l'ombre creusée des méplats! Enfin, ses yeux,—la seule chose qu'il eût vraiment belle, — ses yeux qui avaient soif de la pensée des autres comme les yeux du tigre ont soif de sang, étaient par trop insolemment immobiles! Tout cela n'était pas *Gentleman-Like,* sifflaient les linottes du dandysme, du haut de la cravate où perche leur iusignifiance. Mais les femmes savaient une réponse... une réponse qu'elles ne faisaient pas. Comme la fille de la Fable, elles aimaient cet amoureux à *longue crinière.* Elles avaient vu tant de fois se tourner vers elles, humbles et caressantes, ces dures prunelles fauves qui, dans leurs paupières sillonnées et lasses, avaient la lumière rigide et infinie du désert dont le vent a ridé les sables. Pour peu quelles sortissent de la ligne commune, elles subissaient l'influence de la force aimantée qu'il y avait en Marigny. Il avait vécu ici et là. Brouillé, on ne savait pourquoi, avec sa famille, il avait disparu de Paris à plusieurs reprises, puis il y avait reparu. Sa vie était donc comme un gouffre. On n'y voyait pas très-clair. Le fond de ses sentiments était un autre abîme; mais à travers ces obscurités on reconnaissait en lui cette puissance qui vaut mieux que l'emploi qu'on en fait. Semblable à tous les ambitieux trompés par la vie, à toutes les âmes fortes dépaysées par les circonstances, il s'était rejeté à des dédommagements qui n'en sont plus, l'ivresse passée; mais sous les mollesses oisives du libertin, un observateur aurait vu *un de ces hommes*, comme l'a dit Shakespeare, *dans lequel chaque pouce est un homme*. Madame d'Artelles, qui se piquait de jugement, avait montré assez de coup-d'œil, lorsqu'elle avait dit qu'avec les femmes il n'était qu'un ambitieux déplacé, un conquérant plus pour l'exercice du pouvoir que pour les jouissances de l'amour. Mais ce qu'elle n'avait pas vu avec la même pénétration, c'est que dans cet ambitieux de la race de César, il y avait aussi des entrailles. Comme Macbeth, il avait sucé le lait de toutes les tendresses humaines. C'était un homme grand, mais après tout, un homme, et non pas un de ces dieux d'airain comme en forge la poésie moderne et qui ne sont pas plus vrais, selon nous, que les magots de la Chine ou les pagodes en porcelaine du Japon.

La marquise de Flers ne confia point à son amie le projet qu'elle avait formé de s'ouvrir franchement à M. de Marigny, au nom du bonheur d'Hermangarde. Seulement, un jour, elle annonça qu'elle irait à l'Opéra, la première fois qu'on jouerait *Guillaume Tell* et elle dit à Marigny : « Vous nous conduirez. » Pour les habitués de l'hôtel de Flers, ce projet d'Opéra fut presque un évènement. Depuis longtemps, en effet, la marquise avait renoncé à tous les spectacles. Elle aimait mieux veiller et causer chez elle. Les spectacles ne peuvent plaire qu'à deux sortes de femmes : Les très-belles qui s'y montrent et les très-indolentes qui n'y vont que pour écouter et rêver. Or, la marquise n'était plus dans la première catégorie de ces femmes-là, et elle n'avait jamais été dans la seconde. « Mes enfants, dit-elle à Marigny et à Hermangarde, je veux avant votre mariage, montrer votre bonheur à tout Paris. Ce prétexte aimable avait pour motif, le désir et l'espoir de rencontrer à l'opéra la señora Vellini dont le vicomte de Prosny disait des choses si étranges. La fille d'Ève que la vieillesse ne tue pas, mais concentre, la fille d'Ève, curieuse jusqu'au bout, se posait intérieurement cette question qui a un sexe : Comment a-t-elle règné? par quels moyens règne-t-elle encore? Une femme comme la marquise, à l'analyse microscopique et foudroyante, voit bien des choses où les hommes ne voient rien du tout. Elle tenait à les voir. De plus, elle observerait Marigny auprès d'Hermangarde dans le hasard de ce vis-à-vis et de cette rencontre avec une ancienne maîtresse. Enfin, dans tous les cas, après l'opéra, elle ramènerait M. de Marigny à l'hôtel de Flers, et quand mademoiselle de Polastron serait rentrée chez elle, une explication commencerait.

Il n'y eut de tout le projet que l'explication

qui fût réalisée. Le soir où Paris admirait la belle Hermangarde de Polastron à côté de son amoureux fiancé, dans la loge de madame de Flers, Vellini n'était point à l'Opéra. Le vicomte de Prosny tourna en vain ses jumelles dans tous les sens, et mieux, appliqua, pendant les entr'actes, son œil vert et son long bec jaune à la vitre de toutes les loges, il n'aperçut pas la señora et ne put montrer à la curieuse marquise cette petite femme qu'avec le rire du vice, il appelait le *flacon de poivre rouge de M. de Marigny*. Plus heureux qu'il ne méritait, — comme l'aurait dit madame d'Artelles, — M. de Marigny n'eut pas à redouter l'observation la plus aiguë et put savourer à son aise la beauté de cette femme qui s'épanouissait à ses côtés, pudique et heureuse. Il sentait alors quel triomphe c'est pour un homme fier que d'épouser une jeune fille, objet des vœux de tous et d'incliner vers soi la balance où sont versées la beauté, la jeunesse, la fortune et l'éclat d'un nom, avec le simple don du Ciel qui fait qu'on vous aime. Un sentiment d'un autre ordre s'ajoutait encore à celui-là. Sous la compression de ces mille regards d'une salle entière qui montaient ou descendaient vers lui de toutes parts, son amour contenu fermentait dans sa poitrine et la gonflait de ses bouillonnements captivés. Ah ! ne craignons pas de l'avouer ! nous avons tant besoin de témoins dans la vie que le monde est souvent un miroir concentrique qui renvoie l'amour dans nos cœurs avec des feux de plus. Hermangarde l'éprouva aussi, ce soir là. Elle aussi se couronna des sensations dont elle vivait. Il ne fut parlé que de sa beauté dans toutes les loges. Elle avait une robe de satin bleu pâle dans les profils miroitants de laquelle le jeu des lumières frémissait, et du sein de tout cet azur, — la vraie parure des blondes, — elle étalait le candide éclat, la souple et douce majesté d'un cygne vierge. La rêverie de ses yeux limpides, la netteté de son profil de bas-relief antique, auraient pu l'exposer au reproche de froideur qu'encourt la trop grande perfection, mais le vermillon de ses joues aussi éclatant que la bande écarlate des lèvres, montrait assez que sous le marbre éblouissant de blancheur, il y avait un sang vivant qui ne demandait qu'à couler pour la gloire de l'amour. Sa physionomie n'exprimait pas la gaîté, pleine d'éclairs, de certaines femmes heureuses; mais une ivresse profonde, accablée, qui ployait ce front taillé, à ce qu'il semblait, d'un seul coup de ciseau! Influence des sentiments les plus vainqueurs! Cette svelte fille, cette *belle guerrière*, comme dit Shakespeare, de Desdémone, avait les mouvements appesantis des êtres qui succombent sous la plénitude de leur propre cœur... Il y eut certainement, dans cette salle de l'Opéra qui n'a cependant pas été bâtie pour que les prudes y chantassent leurs vêpres, des mots animés et piquants contre le bonheur *trop voyant* de mademoiselle de Polastron. En effet, il avait, ce soir-là, une expression si sublime qu'on dut le trouver indécent.

Marigny plus fort, — moins aimant peut-être, — portait plus légèrement le sien. En présence de cette salle qui l'enviait et le haïssait, il ne se posa ni en Juan, ni en sultan, ni en Titan. Il ne voyait que sa fiancée et il ne s'occupait que de la vieille marquise. Il fut parfait de tenue simple et mâle. Amoureux qui résolvait le problème de l'impossible. Il restait convenable, comme dit le Monde, quand il était fou de bonheur, comme dit l'Amour.

Cette soirée ne fut bonne que pour lui et pour elle. Madame de Flers, un peu fatiguée, avait attendu vainement à chaque acte, l'arrivée de Vellini. M. de Prosny lui avait indiqué la loge où elle se montrait d'ordinaire. La marquise vit avec plaisir que les yeux de M. de Marigny ne se tournèrent pas une seule fois vers cette place vide. Mais un si faible détail ne calmait pas son inquiétude. Elle était préoccupée de cette explication qu'elle allait provoquer. Elle tremblait pour Hermangarde, pour Marigny, pour elle-même; car elle avait mis sur ce mariage, sa dernière pensée, le bonheur de ses derniers jours.

Le spectacle fini, ils retournèrent tous, excepté le vicomte, à l'hôtel de Flers. Quand la marquise eut retrouvé son grand fauteuil dans le boudoir et qu'ils eurent parlé quelque temps encore de leur soirée, elle dit tout à coup à Hermangarde :

— Il faut te retirer, ma chère enfant, j'ai à causer avec M. de Marigny.

— Vous me cachez donc tous deux quelque chose ? — fit Hermangarde avec le demi-sourire d'une femme qui se sent aimée et qui devine qu'on va parler d'elle et s'occuper de son bonheur.

— Peut-être bien, reprit la marquise avec sa gracieuse finesse. Viens donc m'embrasser, ma chère enfant, et laisse-nous ! —

Alors, tout à la fois, avec un geste plein de noblesse et d'enfantillage, Hermangarde plia le genou sur le coussin, brodé par elle, qui soutenait les pieds de sa grand'mère et elle tendit le front à la marquise qui l'embrassa avec une tendre effusion.

— Ne va pas pas être jalouse, petite, — dit madame de Flers, — et vous, — continua-t-elle en se tournant vers Marigny qui admirait silencieusement la pose charmante de mademoiselle de Polastron offrant sa tête dorée à la lèvre maternelle et dont le col incliné luttait de suave éclat avec le mantelet d'hermine qu'elle n'avait pas détaché, — et vous, je vous permets de l'embrasser, là, sur le front. —

Et elle toucha l'entre-deux des longs sourcils de sa petite-fille, si ouverts par la confiance de la vie.

Marigny se pencha et obéit avec transport. Il sentit le beau front de marbre qu'il touchait pour la première fois, résister d'abord; puis s'affaisser en arrière sous ce baiser. Quand il se releva, le marbre blanc était devenu rose et la jeune fille troublée cachait son émotion dans ses mains.

— Bonsoir donc, maman — dit-elle bien vite après un silence, en quittant les pieds de sa grand'mère. Elle n'hésitait plus à partir! Après la plus innocente caresse, les jeunes filles aiment tant à replonger dans la rêverie! La pudeur et l'amour l'entraînaient du même côté et lui créeaient un besoin de solitude. Elle emportait assez de bonheur pour son insomnie, dans le souvenir de ce premier baiser!....

— Et *vous aussi*, bonsoir! dit-elle lentement à Marigny, en veloutant ce *vous* de toutes les tendresses de son âme, et elle lui tendit avec mélancolie le bouquet de violettes de Parme qu'elle avait respiré tout le soir.

Puis elle disparut dans la pénombre mystérieuse de la lampe, sous les draperies de la portière, blanche et bleue et toute vaporeuse, malgré le mantelet de fourrure qui rappelait le Nord et qu'elle portait avec tant de légèreté sur son corsage de Walkyrie.

— Merci, ma mère — dit alors Marigny, oppressé de bonheur et de reconnaissance en prenant la main de madame de Flers. —

Mais elle, changeant subitement de ton et de physionomie et le regardant de ses beaux yeux frais encore et animés d'une pénétration lumineuse :

— Si c'était le baiser d'adieu ? — dit-elle, réfléchie, presque sévère, à Marigny qui ne comprit pas.

— Oui, si c'était le dernier baiser — reprit-elle — si vous ne deviez plus revoir Hermangarde ; si maintenant tout était fini entre vous !!... —

Ryno de Marigny était debout. Il tenait à la main le bouquet de la belle Hermangarde. Il eut la faiblesse de devenir pâle en entendant parler ainsi la marquise de Flers.

— Vous qui avez accepté d'être ma mère — dit-il gravement — pourquoi cette supposition cruelle? Ne m'avez-vous pas donné Hermangarde ? et ce que vous avez lié, qui peut le délier, excepté vous ?

Ce peu de paroles rappela la marquise au sentiment de la position qu'elle avait créée.

— Vous avez raison — répondit-elle — pas même moi !... il est trop tard ! Mais écoutez-moi, Marigny. Je suis votre vieille amie. Je vous ai choisi pour mon petit-fils, malgré les préventions de tous. Dernièrement ces préventions ont pris un si effrayant caractère ! On m'a raconté de ces choses qui mettent en un péril si certain le bonheur de ma pauvre Hermangarde, que j'ai résolu de tout vous dire pour que vous puissiez me rassurer.

— Parlez — dit-il avec un calme qui parut de bon augure à la marquise, — en croisant ses bras par-dessus le bouquet de violettes de Parme qu'il mît sur son cœur.

— Répondez-moi donc franchement, reprit-elle. Vous avez été ce que le monde appelle un libertin, mais vous avez le cœur plus élevé que les mœurs. J'ai toujours eu confiance en vous, Marigny. Est-il vrai que vous connaissiez intimement une fille nommée Vellini, une espèce de femme entretenue, que sais-je, moi ? et que vous viviez avec elle depuis dix ans ?

— Oui, dit Marigny, cela est vrai. Cette femme a été longtemps ma maîtresse, mais elle ne l'est plus.

— Mais vous la voyez toujours, dit la marquise. Mais on m'a dit que quand vous n'êtes pas ici, vous êtes chez elle. Mais je connais trop la nature humaine — ajouta-t-elle finement — pour ne pas savoir que se voir toujours, c'est encore s'aimer. Y a-t-il longtemps que vous n'êtes allé chez cette Vellini ?

— J'y suis allé, il y a trois jours — dit Marigny — et même j'ai rencontré M. de Prosny qui en sortait. Comme j'ai pénétré l'opposition très-acharnée, à mon mariage, de madame la comtesse d'Artelles, je me suis bien douté que le vicomte, qui ne voyait plus Vellini depuis longtemps, était revenu chez elle dans de certains desseins contre moi. Je n'ai pas eu peur, pour deux raisons, — ajouta-t-il avec une confiance dont il eut l'art de ne pas faire une fatuité, — la première, parce que vous êtes la meilleure comme la plus spirituelle des femmes ; la seconde... parce que mademoiselle de Polastron a la bonté de m'aimer.

— Comme il sent sa force ! pensa la marquise. — Mais — dit-elle, avec le ton léger que les femmes de la bonne compagnie mêlent sans inconvénient aux choses les plus graves — si la meilleure et la plus spirituelle des femmes, à qui vous venez d'avouer une liaison de dix ans, ne croyait pas que cette liaison est finie, puisque vous et cette fille n'avez pas cessé de vous voir, que pensez-vous que ferait cette meilleure et cette plus spirituelle des femmes, monsieur de Marigny ?

— Elle me ferait injure, voilà tout ! — répondit-il avec une expression superbe. — Quand je donne ma parole d'honneur à madame la marquise de Flers, à la grand'mère de mademoiselle de Polastron, que Vellini n'est plus ma maîtresse, je dois être cru ou je suis donc soupçonné de lâcheté ?

— Eh bien ! je le crois — dit la marquise, mais depuis quand ne l'est-elle plus ?

— Depuis longtemps ! répondit-il, mais pourtant il faut nous entendre...

Et il roula un fauteuil près de la marquise et s'assit.

— Je veux être d'une entière bonne foi, reprit-il. Vous êtes trop au-dessus des autres femmes pour blâmer une sincérité que vous avez invoquée. Je dis bien ; depuis longtemps Vellini n'est plus ma maîtresse. Nous avons rompu loyalement, d'un commun accord, entraînés l'un et l'autre par des sentiments nouveaux. Cela eut lieu bien avant que j'eusse rencontré mademoiselle de Polastron dans le monde, mais si je disais que parfois l'habitude me repoussant chez une femme, autrefois aimée, je ne sois pas retombé pour une heure sous les brûlantes impressions du passé... oh! alors, oui... je mentirais!

— Je comprends cette distinction et je l'admets, dit la marquise, mais ni pour Hermangarde ni pour le monde, elle n'est admissible. Avec ou sans amour, cette fille, mon ami, est toujours votre maîtresse. — Et elle ajouta avec un bon sens exquis et mûri à la pratique de la vie :

— Le mal, le danger, sont bien moins ici dans les sentiments que dans la position.

— Vous avez raison — dit Marigny — mais la position est détruite. Le jour où M. de

Prosny m'a rencontré dans l'escalier de Vellini, j'allais lui faire d'éternels adieux et lui dire que je ne la reverrais jamais.

— Et pourquoi n'avez-vous pas commencé par là, mon enfant ? — s'écria la marquise en lui tendant la main avec une vivacité rajeunie. — Combien vous m'auriez soulagée ! Vous avez noblement agi, de votre chef, sans autre inspiration que la vôtre, et dans des circonstances où cette seule manière d'agir a une signification et une valeur. Par exemple, je vous aurais dit, moi, « il faut ne plus revoir cette fille, » et vous me l'eussiez promis que je n'aurais pas été sûre de vous. Les passions que l'on croit mortes, ne sont parfois qu'assoupies ! Il y a des retours si singuliers ! Enfin j'aurais pu croire à une condescendance. Au lieu de cela, vous avez agi seul et je n'aurais même rien su de votre loyale conduite si je ne vous avais parlé la première de cette Vellini.

— Me voilà donc tranquille pour ma pauvre enfant, reprit-elle après un court silence. Je suis maintenant bien assurée de votre amour pour elle ; mais vous, Marigny, êtes-vous certain que cette fille ne fera pas quelque éclat en apprenant votre mariage ? La comtesse d'Artelles et M. de Prosny m'ont effrayée de toutes manières... Ils ont combiné, pour me faire peur, le ridicule et le chagrin.

— Ils ne connaissent pas Vellini — répondit-il — s'ils pensent réellement à quelque éclat. Vellini est la plus fière des femmes. Quoiqu'on puisse reprocher à l'ensemble de sa vie, quoique le monde la condamne et la flétrisse, c'est une créature estimable à bien des égards. Et d'ailleurs ne puis-je même vous donner toutes les garanties contre elle en m'éloignant de Paris? Je lui ai dit que j'allais partir. Notre projet, comme le vôtre, marquise, est de passer les premiers mois de notre mariage à la campagne, dans une de vos terres. Eh bien! nous n'en reviendrons que quand vous l'aurez ordonné.

— Ah! vous me comblez de joie, Marigny — dit madame de Flers — mais vous me faites riche de trop de sécurités. Ce que vous me dites du caractère de cette Vellini est bien assez pour moi. Je n'aurai point la barbarie de grand'mère — devenue la geôlière de la fidélité que l'on doit à sa petite-fille — de vous retenir loin de ce Paris que vous aimez.

— Je n'aime qu'Hermangarde, fit Marigny, mais je sens la nécessité de m'éloigner quelque temps. Quoique tout soit bien fini entre Vellini et moi, le voisinage d'une telle femme n'est bon pour personne : mais moi plus qu'un autre, marquise, je dois le craindre et l'éviter.

Ryno de Marigny prononça ces derniers mots avec une expression si profonde ; il était si pâle dans la lumière verte de la lampe, abritée sous son abat-jour, que les curiosités très-féminines de la marquise de Flers, excitées par les propos du vieux Prosny, se remirent à siffler en elle comme des couleuvres réveillées. Elle ne put s'empêcher de voir dans les paroles de Marigny la plainte d'une âme dominée par une espèce de fatalité. « Que fut donc, — pensa-t-elle, — cet amour étrange dont les souvenirs épouvantent et attirent un homme aussi fort que Marigny, femme par les nerfs et la mobilité, homme par les muscles et le caractère, et d'ailleurs distrait par une passion nouvelle et grande ? » Comme tous les êtres qui ont beaucoup vécu, elle avait vu les empires de l'amour s'écrouler en poussière bientôt évanouie. Femme charmante et habile, avec les ambitions les plus légitimes de la vanité et du cœur, elle avait règné aussi, et non-seulement elle savait la difficulté des longs règnes, mais combien peu dure, dans la mémoire des hommes, le respect des pouvoirs détruits. Vellini lui revenait à la pensée, cette Vellini qu'elle avait attendue, vainement, un soir à l'Opéra et que liée par les convenances du monde, elle ne verrait peut-être jamais.

— Dieu! qu'il faut que vous l'ayiez aimée pour la craindre encore! — lui dit-elle avec une portée insidieuse, pleine de mille questions. Qu'ils disent ce qu'ils voudront, madame d'Artelles et le vicomte, cette fille m'intéresse, maintenant que je ne la crains plus. J'aurais désiré la rencontrer à l'Opéra. Savez-vous que j'y suis allée un peu pour elle ?... C'est tout simple. Les femmes n'existent que par l'amour. Celle qui s'est fait aimer dix ans, a fait preuve d'une puissance, dont on espère saisir le mot sur son front.

— Vous auriez peut être été bien surprise, — fit Marigny en souriant. — Vous êtes plus spirituelle que les autres et par cela seul auriez-vous vu davantage, mais ce qui est certain, c'est que Vellini ne justifie pas aux yeux de la plupart l'immense empire qu'elle exerce sur quelques-uns.

— Vous qui avez été de ces derniers, — dit la marquise, — vous avez donc été furieusement victime ! Vous victime, monsieur de Marigny ! c'est incroyable après tout ce qu'on dit de vous !

— Mon Dieu, — dit Marigny, — c'est comme cela. Seulement, nous l'avons été tous deux, à tour de rôle. Elle ne l'a pas été plus que moi, moi plus qu'elle. Ce serait une triste histoire à raconter.

— Racontez-la moi, — fit-elle avec les deux yeux allumés de la convoitise intellectuelle.

— A quoi bon? répondit-il.

— Si! — dit-elle, — ce sera de la confiance. Tout ce qu'on peut avoir pour une vieille femme comme moi, tout ce qui reste à donner à une amie qui sera votre grand'-mère dans quelques jours. Faites-moi connaître votre passé et cette Vellini. Je n'en jugerai que mieux le mari choisi pour Hermangarde. J'aime à veiller. Racontez-moi cela.

— Puisque vous l'exigez, je le veux bien, dit Marigny.

La pendule marquait près d'une heure. La marquise mit le coude sur le bras de son fauteuil et prit son menton dans sa main droite. L'attention respirait dans toute sa personne. Heureuse vieille, curieuse comme si elle avait été jeune! et pour qui l'amour avait l'intérêt qu'ont pour les grands artistes le genre d'art qu'ils ne cultivent plus et qui dans leur temps, les fit maîtres.

VII

Une variété dans l'amour.

— « Vous connaissez ma famille ;—dit Marigny, — vous savez quelle place elle a tenue dans l'ancienne aristocratie. Lorsqu'à vingt ans je la quittai brusquement pour aller vivre à ma fantaisie, vous savez quel éclat ce fut dans ma province et dans votre faubourg Saint-Germain où mon père avait conservé beaucoup de relations. Vous n'avez pas essayé d'en savoir davantage. Vous avez eu la distinction rare de ne jamais me faire sur ce point la moindre question. Cent femmes qui m'eussent donné leurs filles, comme vous m'avez donné la vôtre, m'auraient demandé le détail d'une rupture et d'un éloignement que je crois maintenant éternel. Grâce à une intelligence qui juge les choses et les personnes en elles-mêmes, vous ne vous êtes jamais inquiétée de ce qui a toujours prévenu contre moi les esprits les plus bienveillants. Dans tout ce que vous avez fait pour moi, c'est ce qui m'a le plus touché. Comme vous l'avez rappelé tout à l'heure, vous avez eu foi en Ryno de Marigny, malgré les circonstances, malgré sa réputation, malgré les dissipations et les torts réels de sa vie, car j'en ai eu, sans doute ; je ne m'épargne pas de sévères jugements. Vous avez donc, ma véritable mère, créé en moi un sentiment analogue à celui que Mahomet exprimait quand il disait de Katidjia : « J'ai aimé des femmes « plus jeunes et plus belles, mais personne « comme elle, car elle croyait en moi alors « que personne n'y croyait. » —

Ryno de Marigny avait l'accentuation fort éloquente. Les plus simples paroles prenaient en passant dans sa bouche des vibrations extraordinaires. Ce commencement de son récit toucha jusqu'aux larmes la marquise qui lui donna sa main à baiser. Elle éprouvait le meilleur plaisir des belles âmes, — la conscience d'avoir été généreuse et d'avoir créé une affection dans un noble cœur, avec une générosité.

Marigny poursuivit après un silence :

« Rien de plus simple d'ailleurs que mon éloignement d'une famille qui ne comprenait rien à ce que j'étais et à ce que je pouvais devenr .iElle m'avait blessé dans mes ambitions, dans mon orgueil, dans tout ce qui fait la force de la vie plus tard. Je la quittai respectueux, mais ferme, mais décidé à ne plus m'appuyer que sur moi. J'étais bien jeune alors. Une éducation compressive avait pesé sur moi sans me briser. Quand j'ôtai mon âme de cette camisole de forçat, le bien-être des fers tombés me saisit comme une ivresse. Cela suffirait à expliquer la vie dissipée dont j'ai vécu. Un oncle, le chevalier de Marsse, que vous avez connu et qui, ancien cadet de famille, n'avait pas grand'chose, me donna pourtant tout ce qu'il avait parce qu'il était mon parrain. Si peu que ce fût, ce peu garantissait mon indépendance, pendant quelques années. Du reste, les chances de la vie ne m'effrayaient pas. Je suis naturellement aventurier. Ce mot-là révoltait l'autre jour, la comtesse d'Artelles, lorsque je me l'appliquais. Il n'en est pas moins vrai. Je l'ai été dans ma vie. Je le suis dans mes facultés. J'aime les périls et les anxiétés cachés au fond des choses inconnues et des évènements incertains. Toutes les difficultés m'attirent et c'est peut-être cette disposition qui m'a fait aimer Vellini.

« C'est à elle que je veux arriver. Je n'ai point à entrer avec vous dans tous les détails de cette portion de ma jeunesse écoulée avant de la connaître. Si jamais vous en étiez curieuse, je vous les dirais, mais à quoi cela servirait-il? J'ai été ce que sont la plupart des caractères passionnés dans un temps comme le nôtre. J'ai dépensé une grande activité dans de grands désordres... Ne m'avez-vous point d'ailleurs absous de tout cela en me prenant pour votre fils?... »

Il s'arrêta, comme ne voulant pas pousser plus loin cette analyse personnelle que d'ordinaire on aime tant à prolonger. Était-ce bon goût chez lui ou raison plus grave qui le faisait être si sobre tout en se peignant? Il reprit :

« C'est au plus épais de cette vie excessive que je rencontrai Vellini. Je revenais de Bade en 18.., à la fin de l'été. J'y avais passé le temps comme on l'y passe quand on a le goût des femmes et du jeu. J'y avais été très-heureux de toutes les manières. Rien ne manquait à ma gloire de jeune homme et vous savez, marquise, de quels éléments cette gloire est faite. J'étais alors dans la disposition lassée qui est la suite des plaisirs violents. J'éprouvais les mortes langueurs du dégoût. Je ne pensais pas qu'une passion viendrait me tirer du gouffre où j'avais roulé d'excès en excès. D'ailleurs j'avais déjà aimé. Je n'avais pas cette virginité de cœur que l'on garde parfois au milieu des désordres de la jeunesse. Des circonstances inutiles à rappeler, avaient fait de mon premier amour une cruelle et longue souffrance, guérie à la fin, mais dont l'impression toujours présente affermissait la réflexion de mon esprit contre le danger des affections passionnées. Je pensais n'avoir plus rien de pareil à redouter. Dans toutes les liaisons que j'avais eues depuis, les sens, l'imagination, le caprice, la vanité, m'avaient dominé, ensemble ou tour à tour, mais jamais l'amour n'était revenu effleurer mon âme. Au sein des intimités les plus ardentes et les plus tendres, elle était restée froide, inébranlable, presque calculatrice. C'est probablement cela, marquise, qui m'a valu cette réputation de roué que vous font les femmes dont on n'est pas assez épris. Je pensais qu'il en serait toujours ainsi. Je ne doutais pas que ma vie de cœur ne fût finie, lorsque la circonstance la plus inattendue et la plus simple vint me donner le plus éclatant démenti.

« Un soir, — en sortant de l'Opéra, — je rencontrai un de mes nombreux amis de cette époque qui m'invita à souper pour le lendemain. C'était le comte Alfred de Mareuil que vous avez connu et qui est mort en duel, il y a cinq ans. De Mareuil était très-riche comme vous savez, et c'était l'un des plus aimables et des plus spirituels vicieux de Paris. Il revenait d'Espagne, et je ne l'avais pas vu depuis son retour. Il me dit qu'il avait rapporté de son voyage une foule de curiosités qu'il désirait me faire admirer. — L'une des plus rares, — ajouta-t-il en riant, — est une Malagaise : la plus capricieuse *Muchacha* qui ait jamais renvoyé au soleil son regard de feu.

« — Vous l'avez enlevée?... lui répondis-je.

« — Non, dit-il; ce n'est pas ma maîtresse encore, mais j'espère, pardieu! bien qu'elle le deviendra. Elle est mariée, et son mari, — un Anglais qu'elle mène comme lady Hamilton menait le sien, — ne la quitte pas. Moi, je ne quitte pas le mari. Je l'ai courtisé pour avoir la dame. C'est un joueur et un original. Nous avons parcouru ensemble l'Estramadure, l'Andalousie et la Gallice, jouant presque toujours, même en chaise de poste; et moi, perdant par galanterie perfide, pour me lier de plus en plus avec le possesseur légal de ma señora. Ma foi! cette femme m'aura coûté cher! Mais aussi, c'est la plus extraordinaire créature. Je n'avais pas l'idée de cela. J'ai envie d'avoir votre opinion, mon maître, sur cette femme qui, malgré notre moquerie de Français, m'eût fait consommer probablement, si elle n'avait pas été mariée, la même folie qu'elle a fait faire à l'imposant sir Reginald Annesley.

« — Vous l'auriez épousée? lui dis-je, riant d'étonnement incrédule.

« — C'est, je vous assure, fort probable, reprit-il du plus grand sérieux. Elle m'a tant monté la tête que je me crois capable de tout.

« — Mon Dieu, lui dis-je, est-ce bien au comte Alfred de Mareuil que j'ai l'honneur de parler?... — Mais il n'entendit pas mon ironique question.

« Une voiture qu'il avait reconnue venait de passer sur le boulevard et s'arrêtait en tournant devant Tortoni, à l'entrée de la rue Taitbout.

« — Vous allez la voir, — me dit-il, — car la voilà! mais vous ne pourrez pas la juger. —

« La voiture était une calèche anglaise,

découverte, attelée de deux chevaux alezan brûlé. Dans sa gondole noire, doublée de soie orange, on voyait deux personnes, un homme et une femme. L'homme d'environ quarante à quarante-cinq ans, à la forte chevelure, aux reflets d'acier, avait un profil régulier et des tempes puissantes, largement ciselées, à ce qu'il semblait, dans du marbre rouge, tant la couperose, produite par l'incendiaire usage du piment et des alchools, avait envahi et violemment saisi ce visage ! C'était sir Reginald Annesley. La femme assise à côté de lui était la sienne, — cette Malagaise dont le comte de Mareuil venait, à l'instant même, de me parler, avec l'enthousiasme des hommes blasés, — le plus grand des enthousiasmes, quand on se ravise d'en avoir !

« Nous avions fait quelques pas en avant et nous nous trouvions assez près de la calèche. Il y avait alors beaucoup de monde sur le boulevard. D'élégantes voitures, revenant de la promenade du soir, stationnaient depuis le café de Paris jusqu'à la rue Lepelletier. Incessamment des femmes en descendaient pour venir, selon l'usage des nuits d'été, prendre des glaces à Tortoni. On les voyait passer, en étincelant, dans ce flot noir d'hommes qui aimait à se grossir et et à s'arrêter sur les marches de ce café, hanté par toute l'Europe, on ne sait trop pourquoi. La nuit était superbe, — une belle nuit de juillet, — inondée de tous les genres de clarté depuis la flamme implacable des becs de gaz jusqu'aux molles lueurs de la lune. On y voyait autant qu'en plein jour.

« — Pourquoi ne pourrais-je pas la juger ?... dis-je en lorgnant la Malagaise, que le comte de Mareuil salua.

« — Vous saurez pourquoi demain, fit Marcuil assez mystérieusement. —

« Je ne relevai pas le mot. Je regardais avec beaucoup d'attention. Ce que je voyais ne m'émerveillait pas. Figurez-vous, marquise, une petite femme, jaune comme une cigarette, l'air malsain, n'ayant de vie que dans les yeux et dont tout le mérite, aperçu par moi, était dans un bras rond et fin tout ensemble, qu'elle venait d'ôter de sa mitaine et qu'elle avait étendu avec plus de langueur que de coquetterie sur le rebord de la calèche. Elle était vêtue de noir et si enveloppée dans une mantille qu'elle avait ramenée par-dessus sa tête que je ne pus me faire d'idée de sa tournure. L'un des domestiques abattit le marchepied et je crus qu'elle allait se lever et descendre, mais nonchalance ou fatigue, elle fit un signe à son mari qu'elle voulait rester et le domestique alla chercher des sorbets.

« Marquise, j'étais dans les premiers moments d'une jeunesse pleine de force. J'aimais les arts. Je lisais les poëtes. J'étais fanatique de la beauté des femmes. Tous les choix que j'avais faits dans ma vie respiraient la fierté d'un homme qui ne s'enivre que de choses relevées, que des nectars les plus purs et les plus divins. Cette femme que me montrait de Mareuil me parut indigne d'arrêter seulement le regard et je le traitai d'extravagant.

« — C'est possible, — répondit-il avec plus de tristesse que je n'en attendais d'un homme comme lui, — mais vous pourriez bien extravaguer comme moi demain. —

« Je me mis à rire assez haut, et je dois le dire, à la distance où nous étions d'elle, assez impertinemment pour madame Annesley, qui avalait son sorbet avec l'impassibilité d'un vieux Turc, sourd et aveugle.

« — Mon cher, — dis-je à de Mareuil, — vous n'êtes pas assez âgé ou assez Anglais pour vous permettre de tels caprices. C'est vraiment un goût dépravé que vous avez là.

« — Prenez garde, me répondit-il, vous avez la voix très sonore, surtout dans l'air de cette belle nuit. *Elle* peut vous entendre, et Dieu me damne ! je crois qu'elle vous a entendu. —

« Le fait est que la Malagaise avait tourné les yeux sur moi, — des yeux fixes, aux cils immobiles, dardant le mépris, le courroux froid, l'offense. Entre hommes, un tel regard valait un coup d'épée. Entre homme et femme, il valait un regard pareil. Je le lui jetai. Mais en vain. L'œil fauve de la Malagaise resta sous le mien, ferme et altier,

Elle avait fini son sorbet. Sir Reginald donna un ordre au domestique. La voiture partit, prit la rue de Grammont, au grand trot, et disparut.

« — Oui, elle vous paraît laide, — dit le comte de Mareuil, en s'appuyant sur mon bras et en m'entraînant, — j'étais comme vous ; je l'ai trouvée laide, mais vous verrez quels sont les incroyables prestiges de cette laideur!

« — Elle est donc bien spirituelle ? — repris-je, cherchant à m'expliquer la profondeur d'impression que me découvrait tout-à-coup un homme aussi dandy que de Mareuil.

« — Non, — dit-il, — ce n'est pas de l'esprit qu'elle a, du moins comme on l'entend en France. Je connais des femmes qui ont plus de réparties qu'elle, plus de montant, plus de feu de conversation, mais ce qu'elle a et ce que je n'ai vu qu'à elle, c'est une fascination de l'être entier, qui n'est précisément, ni dans l'esprit, ni dans le corps; qui est partout et qui n'est nulle part!

« — O *strange! very strange!* — dis-je alors parodiant Hamlet, emporté par une impitoyable raillerie. Mon cher de Mareuil, votre poème est touchant sans doute, mais l'amour est un rapsode aveugle. On ne chante pas comme vous quand on y voit clair. —

« Nous restâmes longtemps sur le boulevard, lui me parlant toujours de la Malagaise avec une intarissable admiration; moi, lui opposant la plaisanterie comme un homme sûr de son fait ou qui croit l'être. Je me piquais beaucoup de juger les femmes à la première vue, et l'impression que m'avait causée madame Annesley était loin d'être favorable. Il me donna infiniment de détails sur elle. Pour tout ce qui précédait son mariage, il n'avait rien de très-précis. Jusque-là un nuage d'or, — car elle semblait fort riche par les dépenses qu'elle se permettait, — la couvrait comme Junon, sur le mont Ida. Quel était le Jupiter de ce nuage?... On ne savait. Les uns disaient le Capitaine Général de la province; les autres, un opulent hidalgo qui mettait un chevaleresque orgueil à se ruiner pour elle. Ce n'était rien de plus, assurait-on, qu'une *muger di partido*. On sait que la traduction la plus française de ce mot-là se trouve, en beaucoup d'éditions, rue Notre-Dame-de-Lorrette. On racontait aussi, — et de Mareuil prenait les airs les plus byroniens pour me répéter cette histoire, — qu'elle était la fille adultérine d'une duchesse portugaise réfugiée en Espagne et d'un toréador. On nommait même la duchesse. C'était une Cadaval-Aveïro. La duchesse qui avait des enfants de son mari, l'avait élevée en secret avec l'imprévoyance cruelle du plus égoïste et extravagant amour maternel. Comment n'en eût-elle pas été folle et folle à lier? L'homme dont elle l'avait eue, son amant (et dans la période croissante d'un amour sans frein) avait été tué à dix pas d'elle, éventré par le taureau, et le sang adoré l'avait couverte tout entière. Comme ces femmes du Midi, habiles aux dissimulations les plus profondes et pour les maris de qui Machiavel écrivait, la duchesse de Cadaval-Aveïro ne s'évanouit pas, elle resta droite et impassible sous ce fumant manteau de pourpre qui cacha sa honte par la manière dont elle le porta. On la vit attendre la fin du spectacle, mais quand elle fut retournée à son palais et qu'elle eut envoyé chercher sa fille,—la petite Vellini,—

qu'elle teignit du sang de son père mal séché encore à ses vêtements et à ses bras, elle s'évanouit et l'évanouissement dura deux jours. Après cela, on comprend que veuve de son Toréador au fond de son âme, elle dut se venger par toutes les furies de l'amour maternel de la monstrueuse et sublime hypocrisie à laquelle son rang de duchesse et de femme mariée l'avait contrainte aux yeux de tout un cirque espagnol. Elle n'eut plus de bonheur que par cette enfant dont elle devint l'esclave et qu'elle aima de cet amour terrible qui abolit la vie et divinise l'être aimé. La petite Vellini fut élevée comme si elle avait eu pour dot le revenu de trois provinces. On ne lui apprit rien. Elle grandit comme il plut à Dieu. On ne lui dit pas que souvent la vie est plus forte que la volonté, plus impérieuse que le désir. Elle fut obéie, servie, caressée, dans une inaction encore plus énervante que le luxe royal qui l'entourait. Vous l'entendrez vous dire avec une originalité charmante, — ajoutait de Mareuil, — qu'à quinze ans, elle ne savait ni lire, ni écrire, et qu'elle passait une partie de ses journées, couchée par terre aux pieds de sa mère, à tracer sur le marbre des appartements les plus gracieuses figurines avec son doigt humecté à ses lèvres. Paresse, liberté, accomplissement des plus soudaines fantaisies, tout devait la rendre indomptable. Heureuse et dangereuse enfance, finie tout-à coup par une catastrophe, — la mort de la duchesse de Cadaval-Aveïro, étouffée dans une de ces palpitations qu'elle avait gardées depuis la perte horrible de son amant. Vellini resta sans ressources ; exposée à la haine d'une famille puissante, n'ayant que des bijoux et quelques valeurs mobilières, car sa mère aveugle de tendresse n'avait pris pour elle aucune disposition d'avenir. C'était là tomber de bien haut sur le pavé de Malaga. Aussi ne voulut-elle pas y rester. Elle en disparut. Ceux qui l'y avaient connue, la retrouvèrent plus tard à Séville, menant une vie de dissipation et d'éclat que le monde expliquait comme tout ce qu'il ne comprend pas. Sir Reginald Annesley, ennuyé comme un Nabab, l'y avait vue et s'en était épris avec une passion que les jouissances de l'Orient n'avaient point éteinte, et il l'avait épousée avec le mépris d'un grand seigneur pour l'opinion bégueule de son pays. Il y avait deux ans qu'ils étaient mariés, quand de Mareuil les avait connus. Comme il s'en était vanté à moi, il était devenu un tel partner du mari qu'ils avaient voyagé ensemble et qu'il leur avait proposé, pour tout le temps qu'ils seraient à Paris, d'habiter l'aîle droite de son hôtel des Champs-Elysées et ils avaient accepté. —

Voilà toute l'histoire qu'il me fit. — Cela ne manque pas de couleur, ce que vous me racontez-là, — lui dis-je, — mon cher de Mareuil. — Mais l'ironie ne pénétrait plus chez cet homme que j'avais connu si railleur et une des plus froides vipères du siècle. Non, il était amoureux. Il était devenu brave contre la plaisanterie, indifférent à tout ce qui n'était pas son amour.

— Et croyez-vous être aimé? lui dis-je, avec l'intérêt d'un homme qui soupe chez un autre, le lendemain.

— Ah! — dit-il avec un joli mouvement de naturel, — je n'en sais rien encore. Vous qui êtes de sang-froid et bon observateur, tâchez de le savoir. Étudiez-la; quant à moi, je suis complètement dérouté.

— Mon cher, — repris-je, — si elle a un

peu de l'aimable tempérammment de madame sa mère, ce n'est pas très-aisé à savoir. — « Telle fut, marquise, ma conversation avec de Mareuil. Telle aussi, et sans y rien changer, l'impression produite en moi, au premier coup d'œil, par cette femme qui devait avoir sur ma vie une influence si profonde. En face d'elle et en parlant d'elle, j'étais resté aussi dédaigneux que s'il s'était agi d'un être complètement inférieur. Quand j'eus quitté le comte de Mareuil, je ne pensai plus ni à lui, ni à elle;... si ce n'est le lendemain à l'heure où il fallut aller à ce souper auquel elle était invitée et où je *devais la juger mieux*.

« J'y arrivai assez tard. Il s'y trouvait une vingtaine de personnes rassemblées, qui se connaissaient presque toutes. A l'exception de quelques journalistes, champignons exquis, quand ils ne sont pas empoisonnés, levés du soir au matin sur le fumier de ce siècle et de plusieurs actrices qui étaient là du droit anti-dynastique de l'esprit et de la beauté, il est bien probable, chère marquise, que vous avez soupé avec les pères de tous les convives de l'hôtel de Mareuil. C'était l'élite des plus brillants mauvais sujets de Paris. Quand on m'annonça, Mareuil vint au devant de moi, me prît par la main et me présenta à madame Annesley, assise auprès de la cheminée, avec une inexprimable indolence. Elle me lança le même regard, du milieu de ses cils d'airain, qu'une première fois je n'avais pu lui faire baisser. Du reste, elle ne dit pas un mot ; ne fit pas un geste. Elle écouta avec la plus humiliante indifférence pour mon amour-propre la phrase très-aimable qu'improvisa le comte de Mareuil, en lui apprenant qui j'étais.

« Pardon, marquise, si j'entre dans tous ces détails. Mais je crois qu'ils sont nécessaires pour faire comprendre ce qui va suivre.

« — Vous avez raison, — dit la marquise, — n'omettez rien. Tout ce qui caractérise la femme aimée caractérise aussi le genre d'amour qu'on eut pour elle. —

« J'eus beau la regarder avec toute l'impartialité qui était en moi, — reprit Marigny, — pour m'expliquer un peu davantage l'asservissement de mon pauvre ami de Mareuil, je restai dans mon opinion de la veille. C'était un visage irrégulier. Elle était vêtue d'une robe de coupe étrangère, de satin sombre à reflets verts, qui découvrait des épaules très-fines d'attache, il est vrai, mais sans grasse plénitude et sans mollesse. On eût dit les épaules bronzées d'une enfant qui n'est pas formée encore. Ses cheveux tordus sur sa tête, étaient retenus par des velours verts. Deux émeraudes brillaient à ses oreilles, et des bracelets, — faits de cette pierre mystérieuse, — s'enroulaient comme des aspics autour de ses bras olivâtres. Elle tenait à la main l'éventail de son pays, de satin noir et sans paillettes, ne montrant au-dessus que deux yeux noirs, à la paupière lourde et aux rayons engourdis. Comme la conversation n'était pas très animée et qu'elle n'y prenait aucune part, j'eus le temps de l'examiner et de la détailler comme un tableau ou une statue. Le souper qu'on annonça interrompit mon examen. De Mareuil se précipita pour donner le bras à *sa* Malagaïse et je m'arrangeai de manière à marcher derrière lui pour juger d'une tournure que j'avais à peine entrevue. Madame Annesley était petite; les hanches plus élégantes que fortes, mais la chûte audacieuse des reins accusait l'origine mauresque. Le mouvement qu'elle fit pour passer dans la salle à manger au bras de Mareuil, révolutionna mes idées, bouleversa mes résolutions. C'était ce *meneo* des femmes d'Espagne dont j'avais tant entendu parler aux hommes qui avaient vécu dans ce pays. Une autre femme sortit de cette femme. Deux éclairs, je crois, partirent de cette épine dorsale qui vibrait en marchant comme celle d'une souple et nerveuse panthère, et je compris, par un frisson singulier, la puissance électrique de l'être qui marchait ainsi devant moi.

« Deux heures après, marquise, je la comprenais bien davantage, ou plutôt, moi, je ne me comprenais plus ! Ah ! c'était vraiment par le mouvement que cette femme était reine et reine absolue, *Reina Netta,* comme on dit dans la langue de son pays ! A ce souper étincelant et brûlant, donné pour elle, il fallut la voir et l'entendre !! D'autres sensations, d'autres sentiments, le bonheur, la possession, et les mille désenchantements qui suivent l'enchantement épuisé, n'ont pu éteindre ce souvenir. D'où cette vie subite lui venait-elle? Était-ce de la coupe où elle trempait sa lèvre avec une sensualité pleine de flamme? Était-ce de l'esprit que répandaient alors, par torrents, ces spirituels et effrénés viveurs, excités par la présence de cette Sabran espagnole? Qui le savait? Qui pouvait le dire? Même moi qui ai pressé depuis toute cette vie sur mon cœur, je l'ai ignoré. Je n'ai jamais su d'où venait cette transfiguration impétueuse, cette ouverture d'ailes, poussées en un clin-d'œil, qui la ravissaient, nous emportant tous? Les prestiges de la laideur, que M. de Mareuil m'avait promis, apparurent en madame Annesley. Son regard épais qui ne tombait plus pesamment sur moi, mais qui m'échappait en brillant, fascinait d'impatience par la mobilité de ses feux. Le sang de son père, le Toréador, bouillait dans ses joues d'ambre devenues écarlates. On eût juré qu'il allait faire éclater les veines et couler dans ce souper, sous la force même de la vie, comme autrefois il avait coulé dans le cirque sous la tête armée du taureau. Elle se renversait, tout en causant, sur le dossier de son fauteuil avec des torsions enivrantes, et il n'y avait pas jusqu'à sa voix de contralto, — d'un sexe un peu indécis tant elle était mâle! — qui ne donnât aux imaginations des curiosités plus embrâsées que les désirs et ne réveillât dans les âmes l'instinct des voluptés coupables, — le rêve endormi des plaisirs fabuleux!

« Ce qu'on éprouvait, ce que j'éprouvais était nouveau, inconnu, inattendu comme elle. Eh bien! elle n'avait pas même l'air de s'en apercevoir. Plus d'une fois, pendant le souper, je lui adressai la parole, mais elle s'arrangea toujours de manière à ne pas me répondre directement, et cela sans aucune affectation. Était-ce taquinerie coquette? ressentiment? antipathie? Quoi que ce pût être, cela me jetait dans une irritation secrète qui produisait les transes de l'amour mêlées aux frémissements de la colère. Avec des riens, elle me soulevait. Je devenais insensé à côté d'elle. Tiré à deux sentiments contraires, ivre de rage contre cette femme qui parlait à tous, excepté à moi; qui s'occupait de tous, excepté de moi; sachant qu'après tout, ce n'était pas là beaucoup plus qu'une courtisanne; entraîné par une violence de sensation que je ne connaissais pas et par une conversation qui stimulait et justifiait bien des audaces, j'osai prendre son verre pour le mien.

« — Vous vous trompez, Monsieur, — dit-elle en me jetant un regard fixe et cruel ; — et elle m'arracha le verre avec une action si fougueuse qu'elle le brisa en le saisissant.

« Ses lèvres entr'ouvertes exprimaient une horreur inexplicable, mais très piquante pour un homme qui, comme moi, marquise, ne manquait pas alors d'une certaine dose de vanité.

« — Ah ! Madame, vous vous êtes blessée ? lui dis-je.

« — Oui, — répondit-elle, tortillant sa serviette autour de sa main, — mais j'aime mieux cela ! — Et elle se prit à sourire avec une ironie méprisante.

« Ma foi ! je n'y tins pas !

« — Et moi aussi, — lui dis-je, — j'aime mieux cela !

« Je mentais. J'avais soif de la trace de ses lèvres que j'eusse retrouvée aux bords du verre dans lequel elle avait bu. Elle m'allumait des sens jusque dans le cœur! Mais son insolente préférence fit jaillir de mon âme une intensité de haine égale à l'intensité de mon amour, et j'éprouvai une douloureuse et violente jouissance à lui rendre coup pour coup de mépris.

« Cette petite scène, toute entre nous, s'était perdue pour les autres dans les mille distractions bruyantes d'un souper comme celui que nous faisions. De Mareuil, qui était attentif aux moindres mouvements de son idole, vit seul ce qui s'était passé entre elle et moi, et il en souriait de l'autre bout de la table. Ses observations lui étaient doublement agréables. D'une part, il reconnaissait depuis une heure que j'étais l'esclave de cette femme dont il m'avait prophétisé l'empire; et d'une autre, que je ne serais jamais pour lui un rival bien dangereux.

« Quand on se leva pour passer dans le

salon, il se pencha à mon oreille et me dit : « Eh bien ? » d'un ton de victoire.

« — Eh bien, lui répondis-je, je pense comme vous, je sens comme vous ; et peut-être j'aime déjà comme vous. Il ne fallait pas m'inviter à ce souper, mon cher comte, si vous tenez à la possession exclusive de cette femme, car je suis bien résolu à vous la disputer opiniâtrement.

« — Ah ! ah ! dit-il avec la voix d'un homme qui chante dans la nuit pour se faire brave ; je le veux bien ; je n'ai pas peur. J'accepte la partie ; mais je vous préviens à l'avance que vous ne jouerez pas sur du velours. Elle vous a en exécration. Je crois toujours qu'elle vous a entendu au Boulevard me dire votre opinion sur elle, car il serait singulier que sans une cause quelconque de ressentiment, elle eût contre vous l'instinct répulsif dont elle est armée. Ce matin encore, je lui ai parlé de vous. Je lui ai demandé si elle avait remarqué hier la personne avec qui j'étais. Je lui ai dit quel rang vous teniez dans la fashion parisienne. J'ai fait de vous un magnifique portrait moral... ou immoral, comme vous voudrez. J'ai été votre Vandick et celui de vos maîtresses dont j'ai eu grand soin de ciseler les noms dans mes récits. Mais rien n'a pu l'amener à modifier le gracieux refrain qu'elle a mis à toutes mes chroniques : « C'est possible, me disait-elle, mais que voulez-vous? il me déplaît. »

« Ce matin, — ajouta le comte de Mareuil, — elle m'a annoncé qu'elle ne souperait pas avec nous. A ce propos, il y a eu une scène affreuse entre elle et sir Reginald qui, d'ordinaire, est fort soumis à ses bizarreries, mais qui, hospitalier comme un Anglais, n'entendait pas qu'on manquât chez moi, son hôte, aux lois de l'hospitalité. Elle a même brisé de colère un beau vase antique, rapporté de Pœstum, auquel sir Annesley tenait beaucoup, et elle eût probablement résisté à la volonté maritale, — en digne fille de ces Espagnols qui mirent cinq siècles à chasser les Maures de l'Espagne, — quand je me suis avisé de lui dire tout bas :

« — Si vous ne voulez pas souper avec M. de Marigny, señora, c'est donc que vous le craignez beaucoup, et la Crainte, c'est souvent la sœur aînée de l'Amour. —

« Mon cher, elle en a pâli de la supposition de vous aimer, et elle m'a dit, avec un rire forcé : « Si c'est comme cela, j'accepte. » Remerciez-moi donc, Marigny, du biais que j'ai pris pour la faire souper avec nous. —

« En vérité, marquise, il faut que l'amour offusque les vues les plus perçantes. Le comte Alfred de Mareuil était certainement trop spirituel et trop au courant des choses de la vanité et du cœur, pour ignorer que ce qu'il me confiait allait redoubler mon désir de plaire à la Malagaise et de la lui enlever. Il crut cependant que je reculerais devant le mur d'airain qu'il élevait entre elle et moi. Il oublia que j'étais, comme lui, l'enfant d'une société vieillie, fort épris des plus impatientes résistances, et très-friand de tout ce qui semblait impossible.

« Aussi, à peine de Mareuil eût-il fini de parler, que j'allai me placer à côté de madame Annesley et que je ne m'occupai plus que d'elle. Une table de jeu fut placée auprès de la table de marbre où le punch flambait dans un vaste bol d'or sculpté. Sir Reginald Annesley et le comte de Mareuil risquèrent des sommes considérables, mais pour la première fois de ma vie les chances du jeu ne me tentèrent pas. A mes yeux, la fortune n'était plus qu'une femme, une femme qui me haïssait ! L'orgueil était aussi intéressé que le désir à sa défaite. Cela doit rendre un homme éloquent. Je crois l'avoir été, cette nuit-là. Je parlai à madame Annesley un langage qui sortit sans effort de mon âme combattue, et qui aurait donné à toutes les femmes le double frisson de la fièvre du cœur. Ce fut comme un mélange d'adoration idolâtre et de détestation inouïe, de flatterie caressante et d'impertinence hautaine, d'assurance et de doute, de glace et de feu ; une espèce de bain russe intellectuel et dans lequel je plongeai, pour les assouplir, les nerfs de cette femme qui ne faiblirent pas une seule fois. Par un changement soudain, comme il s'en produisait très-souvent en sa personne, elle était retombée dans ses paresseuses attitudes ; aussi morte qu'elle avait été vivante pendant le souper. Elle m'écouta d'un front impénétrable. Elle avait allumé un cigarre et elle le fumait tout en m'écoutant, avec la silencieuse gravité de son pays. Du fond de la fumée, qui rendait son front plus obscur encore, elle entendit pendant deux heures de ces choses contradictoires et folles, qui attestent le plus grand des amours, l'amour tout à la fois dominateur et esclave.

« — *Mais*, — me dit-elle, en m'interrompant et en soufflant légèrement sur une charmante spirale bleue sortie de ses lèvres, — *vous n'êtes pas assez âgé ni assez Anglais pour vous permettre de tels caprices. C'est vraiment un goût dépravé que vous avez là.*

« — Ah! repartis-je comme un homme frappé d'une lueur subite — les Espagnoles ont donc de la vanité comme des Françaises?

« — Non, répondit-elle, mais elles ont le

sentiment de l'injure, et elles savent haïr comme elles savent aimer.

« — Señora, — lui dis-je avec une assurance qui eût imposé à une autre femme, — le ressentiment n'est pas de la haine, et vous avez l'âme assez grande pour pardonner un jugement absurde, basé sur une illusion incompréhensible et d'ailleurs expiée suffisamment ce soir. —

« Elle me fixa avec ses yeux fascinateurs qui m'entrèrent dans le cœur comme deux épées torses.

« — Je n'ai rien à vous pardonner — fit-elle — les sympathies sont involontaires et les antipathies aussi. —

Et, comme ne voulant en dire ni en entendre davantage, elle se leva d'un mouvement rapide et alla se placer près de son mari, qui buvait et jouait. Absorbé dans la double sensation que révélait l'âpre couleur de son visage, sir Reginald Annesley ne sentit ni le bras nu et velouté qui lui effleura la joue en se posant sur sa large épaule, ni la vapeur deux fois brûlante du cigarre en feu qui passa dans ses cheveux avec l'haleine de cette femme restée debout près de lui. Sir Reginald perdait immensément. Mais quand le comte de Mareuil, son adversaire, eût aperçu la Malagaise dans cette pose familière, qui peut-être le rendait jaloux, les distractions le prirent et la fortune commença de l'abandonner. L'Anglais retrouva son bonheur ordinaire. Il semblait que sa femme le lui rapportait. On eût dit le Génie du Jeu en personne, revenant protéger un de ses favoris. Au fait, il y avait en elle les redoutables séductions qu'on peut supposer à un Démon. Elle en avait le buste svelte et sans sexe, le visage ténébreux et ardent, et cette laideur, impressive, audacieuse et sombre, — la seule chose digne de remplacer la beauté perdue sur la face d'un Archange tombé.

« Du divan où il m'avait laissé, je le contemplais, ce démon, et je sentais sa force invincible se saisir de moi de plus en plus. J'essayais de reconnaître en lui l'être éblouissant de mouvement et d'entrain qui avait éclaté au souper, mais il avait comme éteint le cercle qui avait flamboyé autour de sa tête tout le soir, — et je le comparais à cet autre être froid, indifférent et muet qui lui avait succédé. Elle avait repris sa pose rigide, d'avant souper, auprès de la cheminée. Elle n'inclinait pas le front sous sa rêverie fixe et vide de pensée... et elle me rappelait ces lions chimériques accroupis dans les cours de marbre de l'Alhambra qui portent, sur leurs têtes de tigre, la vasque froide d'une fontaine sans eau. Eh bien! le croirez-vous, marquise? de ces deux femmes, c'était la dernière que maintenant je préférais. Oui, c'était l'être sans rayons, la petite femme jaune et maigre de la calèche que j'avais, la veille, au boulevard, presque écrasée de mon dédain!! Il est des amours qui corrompent tout dans les âmes. Le mien commençait de jeter en moi de ces aveuglements qui endurcissent à la lumière... qui nous la font nier et insulter. Je comprenais alors cet homme qui préférait à tout, dans la maîtresse de sa vie, la raie élargie des cheveux tombés, ce pauvre sillon qu'il eût voulu ensemencer de ses baisers et de ses larmes! J'arrivais, comme cet homme, et en combien de temps? à ne plus aimer que ce qu'il y avait de moins beau dans l'être aimé. J'aurais aimé ce qu'il y aurait eu de malade! j'allais savourer le défaut avec délices; j'allais le regarder comme une perfection, et laisser là la tête d'or pour les pieds d'argile. Ce n'était pas là un amour comme celui qu'inspire votre Hermangarde. Au lieu d'élever l'âme, il la courbait révoltée... c'était un amour mauvais et orageux. — »

Il s'arrêta. Quoique la marquise eût la science d'une femme qui a mordu dans les plus puissantes sensations de la vie, et qui se lèche encore les lèvres de tout ce qu'elle y a trouvé, elle aimait tellement Hermangarde qu'elle fut heureuse d'entendre Marigny flétrir sa passion pour la Malagaise, et se prendre lui-même aux poésies morales que l'amour lui flûtait au cœur.

Elle ne l'interrompit point et il continua :

« Le comte de Mareuil perdait toujours. L'idée me vint de le venger. J'obtins qu'il me céderait sa place. Il me plaisait de battre au jeu, dans la personne de son mari, cette femme qui semblait, en les regardant, fasciner les pièces d'or comme elle m'avait fasciné. Jouer contre son mari, c'était jouer contre elle. Sir Reginald, superstitieux comme la plupart des joueurs, comparait sa Malagaise à Joséphine, qui fut, dit-on, la cause mystérieuse de la fortune de Bonaparte. Toujours est-il que ce soir-là, en se tenant auprès de lui, elle lui avait ramené le sort infidèle. De tous les mouvements désordonnés qu'elle soulevait en moi, le plus fougueux, le plus irrésistible, était de répondre, n'importe comment, à cet air de défi qui respirait en toute sa personne et qui mêlait dans mon cœur — exécrable mélange ! — le sang de l'orgueil blessé aux flammes avivées des plus inextinguibles désirs.

« Je jouai donc, — mais ce fut à croire que sir Reginald Annesley avait raison dans ses stupides superstitions! Je m'efforçai ; je combinai mes coups comme si ma vie avait été au bout de mes combinaisons; je redoublai d'attention, de sang-froid, de patience; je perdis autant qu'Alfred de Mareuil. Je n'étais pas riche comme lui. Il s'en fallait! Les pertes que je faisais m'atteignaient bien davantage, mais ce n'était pas l'effet de la perte; ce n'aurait point été le sentiment de la ruine qui m'aurait donné les épouvantables colères que je dévorais. Non, c'était uniquement le sentiment de mon impuissance contre cette infernale Malagaise, contre ce démon, immobile et nonchalant qui, le cigarre allumé, semblait sucer du feu avec des lèvres incombustibles, et se rire de mon faible génie se débattant devant le sien! Une effrayante influence continuait de me poursuivre et de m'asservir. Je jouai et je perdis à peu près tout ce que je possédais en quelques heures. Le lendemain j'étais réduit à vivre d'emprunts.

« Mais que m'importait! la vraie détresse pour moi, le vrai malheur, c'était d'aimer comme je le faisais et de ne pouvoir rien, — absolument rien! — sur l'être qui prenait ma vie, sans même en vouloir! comme en respirant il prenait l'air qui lui tombait dans son indifférente poitrine! Après cette funeste nuit à l'hôtel de Mareuil, j'étais rentré chez moi dans un état inexprimable d'âme et de corps. Je m'y renfermai pendant deux jours à m'indigner de ce que j'éprouvais, mais il est des ivresses qu'on ne cuve pas... et je me roulai un peu davantage dans le filet qui m'avait lié. Quand j'eus bien sondé ma blessure, quand je fus bien certain que mon mal était incurable, je me créeai des plans et des résolutions. Je résolus d'agir dans le sens de cette passion que je reconnaissais pour indomptable. Je me dis que je forcerais bien d'aimer cette femme qui m'avait d'abord montré une haine si bizarre. J'étudierais les replis de ce caractère, Je verrais par quels côtés on pouvait pénétrer dans ce cœur. Je me le disais... et cependant j'étais travaillé d'une âpre inquiétude, car il semblait y avoir dans cette Espagnole, en cette altière sourd-muette de cœur et d'esprit, des fermetures d'intelligence et de sensibilité si complètes qu'elle devait peut-être rester inaccessible autant à la séduction qu'à l'amour. Ah! marquise, quelle atroce souffrance quand on sent retomber sur son âme toutes les facultés qui servent à nous faire aimer, et que voilà désormais inutiles et même insultées, parce que la femme qui est notre malheur et notre destin, échappe bêtement à leur prestige; parce qu'à ses yeux aimés, quoique stupides, les choses de la pensée, les grâces souveraines de la parole, tout ce qui nous fait les rois des âmes, ne sont pas plus que les chefs-d'œuvre des arts dans les mains barbares d'un Esquimau ou d'un Lapon!... Je retournai à l'hôtel de Mareuil et je me présentai chez sir Reginald Annesley. Je ne fus point reçu. Sir Reginald vint le lendemain jeter une carte chez moi, mais ni ce jour là, ni les suivants, je ne pus parvenir jusqu'à madame Annesley. Le comte de Mareuil m'avertit que c'était un parti pris par elle ; qu'elle ne me recevrait jamais, que son antipathie pour moi n'avait qu'augmenté à ce souper où elle avait si bien changé mes impressions. « Elle aura probablement parlé de « l'amour que vous lui avez si soudainement « montré. Elle aura fait ce qu'elles savent si « bien faire, quand elles le font, — ajouta de « Mareuil, enchanté, le digne ami de « m'exaspérer, — elle aura excité la jalousie « de son mari, tout en se montrant vertueuse, « et elle aura probablement décidé le très « correct sir Reginald Annesley, le plus gent- « lemen des baronnets, à n'agir plus avec vous

« comme un homme du monde, mais comme « un mari renseigné. »

« Un tel langage m'était intolérable, mais je ne pouvais faire un tort à Alfred de Mareuil de me le tenir. Il était amoureux comme moi de madame Annesley. Pour cette raison, j'aurais eu mauvaise grâce aussi de lui demander à favoriser des entrevues devenues à peu près impossibles. Excepté au bois et à l'Opéra, je ne pouvais guère espérer rencontrer la Malagaise quelque part. On était au milieu de l'été. Il n'y avait plus personne à Paris. Et d'ailleurs cet Anglais de tripot plus que de salon, et cette femme épousée par amour, mais enfin d'un passé suspect, seraient-ils allés dans le monde si le monde avait été là ?... Le Bois et l'Opéra étaient deux bien faibles ressources. Jamais la voiture de madame Annesley ne s'arrêtait pour moi quand je la saluais. Et puisque la maison m'était fermée, sa loge à l'Opéra m'était tout naturellement interdite... Comme elle n'y posait pas à la manière des femmes de France, je ne voyais guère, — quand elle y était, — de l'orchestre où je la lorgnais que ses deux yeux de tigre, faux et froids (ils me semblaient tout cela) par-dessus son grand éventail de satin noir déployé, et au Bois, j'attrapais encore moins de sa personne, car elle s'entourait de la tête aux pieds de sa mantille, à la façon des Péruviennes, et elle ne me laissait apercevoir qu'un seul de ses terribles yeux d'un charme fatal.. Depuis le souper d'Alfred de Mareuil, j'avais mille fois essayé de la joindre et de lui parler, mais sa volonté et le sort avaient toujours fait avorter mes desseins et rendu la chose impossible. Un soir, entre autres, je la vis à Saint-Philippe-du-Roule, car, soit habitude d'enfance ou dévotion réelle, (qui peut discerner rien de bien clair dans cette âme ardente et profonde ?) elle hantait les églises en vraie Espagnole qu'elle était, comme peut-être sous l'influence de son père, le moresque toréador, elle aurait hanté les mosquées. Je revenais justement des Champs-Élysées où j'avais passé vingt fois sous ses fenêtres pour l'apercevoir. En passant, mes yeux tombèrent sur une voiture que j'eusse reconnue entre mille et qui stationnait devant les marches de l'église. C'était cette voiture aux chevaux alezan et à la conque doublée d'orange où son corps avait marqué sa place. Un énorme bouquet de genêts et de jasmins jonchait, avec la mantille de dentelle noire, les coussins affaissés sur lesquels elle étalait d'ordinaire avec des mouvements si félins, ses mollesses énervantes et provocatrices. Ah ! me dis-je en voyant cette voiture vide qui me jeta au cœur le désir que m'eût donné son lit défait : « Elle sera entrée dans l'église » et je jetai la bride de mon che- à un enfant qui se trouvait là. Je montai alors ces marches qu'elle avait montées, curieux de voir le Dieu méchant de ma vie, demander quelque chose aux pieds du sien. Il était près de huit heures du soir. J'ai tant souffert, à cette époque, marquise, que les moindres détails de mes journées sont marqués dans ma mémoire d'un inextinguible trait de feu ! On chantait le salut. Je cherchai l'Espagnole... Qu'allais-je lui dire ? et qu'allais-je faire ? Je n'en savais rien. Je ne réfléchissais pas, j'allais vers elle. J'obéissais à je ne sais quoi d'aveugle, d'ignorant, de spontané, de fougueux qui me poussait d'une force irrésistible. Je la découvris dans une chapelle, les coudes nus sur le prie-dieu de sa chaise où elle était agenouillée et son menton dans la paume de ses mains couvertes de longs gants de filet, montant à mi-bras. Priait-elle? Avec quelle ardeur je le cherchai dans ses regards et sur ses lèvres! Si elle priait, elle n'avait donc pas l'âme inerte, répulsive, inaccessible! Un jour elle pourrait m'aimer!... Mais elle ne priait pas. Sa lèvre rouge et presque féroce, était immobile. Son œil qu'aucune sensation n'animait, noir et épais comme du bitume, était fixé dans une espèce de stupeur qui était, à elle, sa rêverie, sur les cierges qui brûlaient et se fondaient vite à la chaleur de leur propre flamme et à celle d'un soleil d'été qui avait longtemps frappé la fenêtre incendiée de cette chapelle, placée au couchant. Les derniers feux du soir, passant à travers les vitraux coloriés en allumaient encore le vermillon et l'azur, et semblaient embrâser l'air autour de sa robe noire comme si elle eût été le centre de quelqu'invisible foyer. Ah! je la regardai longtemps! Je me plaçai à quelques pas d'elle. Il n'y avait entre nous, que la grille de la chapelle contre laquelle j'appuyais mon front en la regardant. Marquise, ce que j'éprouvai est inexprimable pendant ce touchant office du soir, sous les sons de l'orgue que depuis je n'ai jamais pu entendre sans trouble, aux dernières clartés d'un beau jour, et à trois pas de cette femme que je n'avais pas revue de si près et de longtemps depuis le souper du comte de Mareuil... J'avais entendu dire qu'il est des fluides qu'avec une volonté passionnée, on peut lancer par les yeux et dont on peut pénétrer l'être le plus rebelle... J'essayai de la couvrir de ces magnétiques et fulminants regards. Il me semblait que toute mon âme s'en allait de moi par les yeux pour imbiber de toute ma vie ce corps adoré et maudit. Eh bien, la science mentait, marquise; la passion mentait ; tout mentait. Elle ne se retourna pas vers moi une seule fois. J'ai laissé la trace de mes ongles sur cette grille qui me séparait d'elle... Un jour, avec elle, je suis retourné à Saint-Philippe et je lui ai montré ces vestiges des fureurs soulevées en moi et laissées par moi dans du fer. Au sein des désordres de ma jeunesse, je n'avais jamais été impie, et pourtant ce soir là, à cette religieuse cérémonie qui aurait dû me pénétrer d'un saint respect, je ne vis que cette femme devant laquelle je me serais prosterné sur un signe, comme les fidèles se prosternaient devant l'autel. Mais ce signe, elle ne le fit pas. Quand le *salut* fut terminé, elle passa près de moi sans un regard à me donner, baissant le front avec un air tout à la fois dédaigneux et farouche... Je la suivis dans la foule, me sentant défaillir à l'idée que peut-être en sortant, je pourrais, dans les flots compacts de cette foule, la prendre et la serrer sur mon cœur. Dieu ne permit pas ce sacrilège. Elle semblait lire dans mes desseins pour les tromper. Elle alla au bénitier, y plongea la main et sortit rapide. Elle s'était déjà élancée en voiture quant à mon tour je sortis de l'église... Je n'avais même pu effleurer sa robe;—et lorsque je m'avançai vers la calèche où elle s'était recouchée, elle partait, la figure à moitié cachée par le bouquet de genêts et de jasmins d'Espagne dans les parfums duquel, — comme dans cet office du soir auquel elle venait d'assister, — elle cherchait peut-être des sensations et des souvenirs de son pays... Vous avouerez, Marquise, que si elle avait l'intention d'aiguillonner l'amour par la contradiction et par le mystère, elle s'y prenait avec la science de la plus admirable coquette, mais ce n'était pas une coquette ! c'était une femme vraie ; vous allez voir.

« Ai-je besoin de vous dire qu'amoureux comme j'étais, outré comme j'étais d'être rejeté loin de cette femme incompréhensible qui m'avait excommunié de sa vie, je lui avais écrit, ne pouvant lui parler, tentant encore au risque de la compromettre vis-à-vis de son mari, cette dernière chance de l'intéresser à la passion que j'avais pour elle ? J'avais hasardé une vingtaine de lettres avec l'espérance insensée de ces Italiennes qui mettent à la poste des Jésuites à Rome celles qu'elles écrivent au bon Dieu. Mais Dieu eût plus répondu qu'elle. Et toutes mes lettres m'avaient été renvoyées avec la plus insolente ponctualité.

« Cependant un parti si bien pris de m'éviter et de repousser tout ce qui pourrait venir de moi, commença à me désespérer. Si elle avait toujours été une vertu farouche, j'aurais cru l'apprivoiser à la fin. Mais c'était une fille du Midi, aux veines noires et pleines, née d'un amour coupable dans le pays de la vie, et qui n'avait jamais, — disait-on, — économisé par principes sur ses fantaisies. Ces êtres là sont invincibles quand ils s'avisent de résister. Mon amour-propre ne pouvait se donner de consolation d'aucune sorte. Il était bien avéré que si elle me fuyait, c'est que je lui déplaisais aussi réellement qu'elle me l'avait dit. Je n'étais pas aimé! Quel coup de foudre à mon orgueil! Mais aussi quel coup de foudre à toute mon âme! car je l'aimais, moi..! Ce que je sentais n'était pas un désir mordant qui prend le cœur et puis le laisse, accablé devant l'impossible. C'était un amour qui me brûlait le sang et la pensée; c'était le faisceau de tous les désirs en un seul. Et quant à l'impossible, j'aurais bravé, Dieu me damne! jusqu'à la volonté de Dieu! Ma chère Marquise, si je vous racontais mes sentiments plus que les évènements de cette histoire, je ne pourrais vous dire fidèlement ceux de cette époque de ma vie, tant ils furent affreux! Il me semblait que j'avais un cancer au cœur... Ah! n'être pas aimé c'est toujours un effroyable supplice, — un non sens humain, car l'amour devrait appeler l'amour; — mais ne pas l'être pour la première fois quand les femmes vous ont appris l'orgueil de la fortune qui s'ajoute à votre autre orgueil; mais n'être pas aimé par une créature laide et chétive, qu'on juge bien inférieure à soi, qu'on écrase de son intelligence, qu'on méprise presque dans son corps et dans son esprit, et qu'on ne peut s'empêcher d'adorer et de placer dans tous ses songes, c'est là une de ces catastrophes de cœur, à laquelle dans les plus cruelles douleurs de la destinée, il n'y a rien à comparer. Si parfois j'avais dans ma vie traité trop légèrement des âmes qui s'étaient trop livrées à moi, elles étaient bien vengées maintenant. J'expiais ce que j'avais fait souffrir. Elle ne m'aimait pas ! J'en arrivais de dépit, de fatigue, de rage, aux projets les plus ridicules et les plus fous. Que je comprenais bien alors le monstrueux amour que Caligula avait pour cette statue de Diane, qu'il emportait avec lui partout. Il en était au moins le maître ! le maître absolu ! Le marbre ne pouvait pas aimer, et, substance inerte, se laissait dévorer sans résistance. Mais elle ! ah ! les idées d'oppression sauvage, d'abus terrible de la force me montaient à la tête. Comme vous disiez, vous autres du XVIIIe siècle, avec une expression qu'on trouverait bien brutale à présent : Je voulais l'*avoir* à tout prix. Tantôt je pensais à m'introduire chez elle la nuit comme un voleur, et à lui mettre le pistolet sur la gorge, ainsi que l'avait fait le colonel de Naldy à la belle marquise de Valmore, qui s'était exécutée avec une grâce de lâcheté bien digne de nos jours corrompus. Tantôt je projétais de l'enlever de vive force, comme si c'était chose facile que d'enlever malgré elle une femme qui était toujours accompagnée et ne sortait jamais à pied. Evidemment j'extravaguais.

« Un matin, j'étais sorti d'assez bonne heure à cheval pour rompre un peu par le mouvement avec l'insupportable idée fixe qui me dévorait. J'étais d'instinct ou d'habitude allé du côté où la Malagaise promenait chaque jour ses loisirs nonchalants, dont au nom de l'amour comme de la vengeance, j'eusse tant désiré faire de cruels ennuis. Je m'étais avancé assez loin dans Passy, comptant bien me rabattre sur le bois de Boulogne, où circulent les promeneurs élégants de l'après-midi, et où j'avais chance de voir filer la calèche noire et bleue qui me passait tous les jours, régulièrement à la même heure, ses moqueuses roues sur le cœur. J'étais arrivé dans cette partie de Passy qui se creuse comme un ravin et dont la courbe expire avant de devenir un vallon, — un petit vallon, grand comme la main, frais, ombragé, mystérieux, espèce de coquille de verdure. Des maisons de campagne commençaient de s'y élever. On appelle, je crois, cette partie cachée de Passy le hameau de Boulainvilliers. Je venais de terminer une course forcée, et je mettais au pas, dans un chemin bordé de peupliers, mon cheval fatigué. Tout-à-coup, une femme à cheval aussi, — en amazone grenat et en casquette de velours noir, — parut à l'extrémité du chemin où j'étais.

« Les amoureux sont comme les somnambules ; ils ne voient pas seulement avec les yeux, mais avec le corps tout entier. Je reconnus madame Annesley à une distance qui m'eût caché toute autre femme qu'elle. Elle était seule. Ah ! c'était le ciel qui me l'envoyait ainsi ! Je réprimai un cri de sauvage.

« Comme elle n'avait pas les mêmes raisons que moi pour voir de loin, elle s'avança sans défiance, et quand elle me reconnut, il n'était plus temps de m'éviter. Désagréablement surprise sans doute :

« — *Caramba!* fit-elle. Espèce de juron dans sa langue svelte et sonore, et qu'elle disait souvent avec une expression mutine et colère que, comme tout en elle, j'avais le tort de trouver charmante ou détestable tour à tour.

« Je la saluai, en l'abordant :

« — Madame, — lui dis-je, — le Hasard m'est meilleur que vous. Il s'est chargé de me donner un rendez-vous que je n'aurais pas osé demander. —

« Nos chevaux se trouvaient alors tête-à-tête. Elle s'était arrêtée, me voyant m'arrêter, mais elle ne me rendit pas mon salut. Elle resta droite sur sa selle, et me montrant du bout de sa cravache le chemin devant moi et le chemin derrière elle :

« — Le Hasard est un sot, — reprit-elle. — Il n'y a point ici de rendez-vous : mais une rencontre. Voilà votre chemin, Monsieur, voici le mien ; Passez ! —

« Elle avait du haut de son cheval qui piaffait, avec sa cravache étendue, un ton de commandement si absolu, qu'il provoquait la résistance comme un outrage. Et je lui répondis avec une fermeté de résolution que ses airs les plus superbes ne devaient point entamer :

« — Je ne passerai point, señora. C'est moi qui serais le sot si je laissais échapper l'occasion inespérée de vous voir et de vous parler. Ici vous ne m'éviterez plus... Si vous fuyez, je vous suivrai. Avez-vous envie de faire avec moi une course au clocher jusqu'à Paris? Je ne suis pas bien sûr que vous ayiez lu toutes les lettres que je vous ai écrites. Ici du moins vous m'entendrez, si vous ne me répondez pas. Vous êtes seule...

« — Pas pour longtemps, — dit-elle. Sir Reginald est arrêté dans un de ces châlets, qu'il veut louer pour la saison. Il sera ici tout à l'heure. » — Je trouvai d'assez mauvais goût qu'elle me parlât de son mari.

« — Eh bien, répondis-je, alors comme alors! Mais en attendant qu'il arrive, je vous demanderai, señora, une explication sur l'étrange conduite que vous avez avec moi. Si c'était de l'indifférence que vous m'eussiez montrée, je ne vous dirais rien. Je ne vous demanderais rien, je souffrirais en silence. Mais c'est de la haine. J'ai le droit de vous demander la raison de cette haine. Que vous ai-je fait pour me haïr ?... —

« Mon sentiment pour elle s'attestait dans la pâleur ravagée de mon visage depuis quelques jours et par les intonations de ma voix en lui disant ce peu de paroles. Etait-ce cela qui la rendait muette ?... — Comme il fallait qu'elle massacrât toujours quelque chose, elle hachait rêveusement à coups de cravache les jeunes pousses d'un arbre qui se penchait aux bords du chemin.

« Oui, — dis-je, — augurant bien de cette rêverie, ne me souvenant que de mon amour, — pourquoi me haïssez-vous, vous que j'aime d'un amour qui désarmerait de la haine la plus légitime et la plus profonde? Que vous ai-je fait? Vous ai-je offensée? Ne vous ai-je pas demandé pardon de ce mot de l'autre jour si cruellement rappelé par vous au souper du comte de Mareuil? Je vous en demande pardon encore. Je vous en demanderai pardon toujours. C'était le blasphème de l'ignorance; je ne vous connaissais pas. C'était un blasphème contre le Dieu inconnu que j'allais adorer. —

« Tout cela, marquise, n'était pas très éloquent, mais c'était sincère! et la vérité de mon âme passant à travers mon langage lui donnait peut-être quelque puissance. Toujours est-il qu'elle m'écoutait.

« Nos chevaux se touchaient... nos coudes aussi. Je n'avais qu'à allonger le bras et j'enlaçais cette taille fine et voluptueuse qui produisait le désir par la souplesse comme d'autres le produisent par le contour. En deux temps, si je le voulais, moi qui ne rêvais depuis quelques jours que d'entreprises extravagantes, je pouvais l'enlever de la selle, la coucher sur le cou de mon cheval et l'emporter dans la campagne avant qu'on pût même venir à son secours.

« Cette idée me passait dans le cerveau et me donnait des vertiges. J'y résistais cependant, la voyant presque émue de mes paroles, souhaitant chevaleresquement d'être aimé, d'être aimé, avant tout; aimant mieux être aimé que d'être heureux !

« — Dites-moi, señora, — lui dis-je, — que vous croirez à mon repentir et à mon amour. Dites moi que vous n'en repousserez pas l'expression ; que vous me permettrez de vous voir parfois, moi qui vous chercherai toujours.

« Mais relevant ses yeux, — ces yeux frangés d'airain qu'avait baissés une rêverie mensongère, l'inexorable créature étendit de nouveau sa cravache sur le chemin que j'avais devant moi;

« — Je n'ai à vous dire que ceci, monsieur de Marigny — répondit-elle, — pour la seconde fois, voilà votre chemin, passez!

« C'était trop. Ce froid mépris, retrouvé là, au moment même, où je croyais avoir fait naître l'intérêt ému d'une femme qui se voit aimée, ce mépris glacé, implacable, laconique et têtu, souleva en moi une immense colère qui emporta les dernières délicatesses de mon cœur. L'idée que j'avais combattue, — de l'enlever de son cheval et de l'emporter comme une proie, — s'empara de moi avec la domination d'un désir de feu.

« L'amour et la fureur avaient tout tué, tout foudroyé en moi, excepté l'homme. Je la saisis au-dessus des hanches et je m'efforçai de l'arracher de la selle, mais c'était une écuyère consommée et d'ailleurs mon mouvement l'avait avertie sans l'effrayer. Elle imprima une forte secousse à la bouche de son cheval et se couvrit du poitrail de la noble bête en la faisant cabrer.

« Sa colère montait jusqu'à la mienne. J'ai un soir au coucher du soleil, dans les bois de la Corse, blessé une aigle d'un coup de carabine. Elle me la rappelait. . . .

« — Vous êtes un insolent, — me dit-elle, — faites-moi place ou je vous charge avec cette cravache à l'instant !

« Elle était superbement pâle, superbement courroucée, superbement posée, la cravache haute, sur son cheval cabré. Elle m'avait irrité d'abord, mais contradiction de l'amour ! elle me plaisait maintenant ; elle ne faisait plus que me plaire. Je la trouvais adorable. J'aimais cette fureur qui lui allait bien... et je me mis à la contempler avec ravissement au lieu de lui obéir.

« Ma contemplation fut fort troublée. Un aveuglant coup de cravache qui me fit voir mille éclairs, me tomba à travers la figure et me la marqua d'un sanglant sillon.

« Malgré la douleur que je ressentis, je précipitai mon cheval sur le sien qu'elle avait rabattu et j'eus le sang-froid et l'adresse de recevoir dans ma main ouverte et d'arrêter à moitié chemin le poignet délié qui s'était relevé comme la foudre pour retomber et frapper une seconde fois.

« De main de femme tout soufflet est un avantage pour qui comprend sa position.

« — Ah ! c'est assez comme cela, ma belle Clorinde, — lui dis-je en souriant sous ma balafre, n'ayant plus que la plaisanterie française à opposer à cette furie espagnole.— Vous marquez trop fort à la première fois les choses qui vous appartiennent pour qu'elles ne puissent pas très bien se passer d'une seconde empreinte. —

« Je lui tenais son petit poignet qui se tordait, qui se crispait dans ma main fermée. Elle aurait voulu l'arracher. Impossible! Elle aurait voulu me voir furieux de ma blessure et je plaisantais. J'étais le plus fort. J'étais son vainqueur; j'étais son maître. Ses sensations étaient inexprimables. Ce que j'avais manqué d'abord, je pouvais le recommencer. En lui tenant la main dans la mienne, je la repris à la taille du bras que j'avais libre. Je l'étreignais. Elle se débattait. Nos chevaux se choquaient, se mordaient. On eût dit le combat corps à corps de deux ennemis acharnés. Au fait, elle était mon ennemie!

« — Reginald! Reginald! — se prit-elle à crier de toutes ses forces.

« — Señora, — lui dis-je, — c'est pis qu'un coup de cravache, un pareil nom ! je vais l'étouffer sur vos lèvres. —

« Et quoiqu'elle se renversât jusque sur la croupe de son cheval pour éviter mon baiser de vengeance, elle allait pourtant le recevoir, quand un poing fermé et lourd comme s'il avait été couvert d'un gantelet me frappa si violemment sur l'épaule qu'il me fit chanceler sur ma selle.

« Je me retournai. C'était sir Reginald Annesley que je n'avais point entendu venir dans ma lutte avec la Malagaise. Sa violente intervention était une injure et une attaque. Et d'ailleurs, elle l'avait appelé, appelé à sa défense contre moi ! Il paya pour deux, pour lui et pour elle, et je lui rendis sur la figure le coup de cravache qu'elle m'avait donné.

« Alors avec ce flegme britannique qui est aussi une éloquence, le baronnet tira de sa poche deux petits pistolets, et m'en tendit un :

« — A quatre pas ! dit-il, et feu !

« — Non, monsieur, — lui dis-je, repoussant son arme et pénétré de son sang-froid. — Pas en cet instant, pas devant madame, mais demain et à l'heure qui vous conviendra.

« — Eh bien, — répondit-il, — demain à dix heures et dans ce chemin qui a vu l'injure et qui verra la punition !

« — Va donc pour dix heures ! — repris-je en regardant cette femme inouïe, cause de ce duel que j'étais heureux d'avoir pour elle. —

« — Pourquoi pas tout à l'heure ? — dit-elle en fronçant les sourcils comme une enfant contrariée et despote, — et s'adressant à moi avec un regret d'une cruauté révoltante :

« — J'aurais cependant bien aimé, dit-elle, à vous voir tué aujourd'hui. »

VIII

Sang pour sang.

(Suite d'une variété dans l'amour.)

Arrivé à cette partie de son récit, M. de Marigny se tut un instant comme s'il eut voulu laisser place à quelque observation de la marquise, mais trop vivement intéressée pour ne pas désirer connaître ce qui allait suivre : Continuez, continuez, dit-elle à son futur petit-fils.

« Nous revînmes à Paris, — dit Marigny,

— par des côtés différents. J'allai trouver Alfred de Mareuil et je lui contai mon aventure. Il s'étonna d'abord; puis s'amusa beaucoup de ma balafre, restituée au visage du mari. Il consentit à me servir de témoin. « Il est fort probable, — ajouta-t-il, — que sir Reginald va venir me demander le service que vous réclamez de mon amitié. Vous avez bien fait de venir le premier. » Nous parlâmes long-temps de la Malagaise. J'épiais un peu, je l'avoue, ses sensations sur sa physionomie. Mais rien dans sa personne, ni dans ses paroles, ne trahit la discrétion d'un homme heureux.

« Le lendemain, à neuf heures, nous étions au hameau de Boulainvilliers, le comte de Mareuil, le comte de Cérisy qu'il s'était adjoint et moi. En allant, Mareuil m'avait raconté que ses prévisions s'étaient justifiées et que sir Annesley l'avait prié la veille au soir, de l'assister dans son duel. « Il se sera probablement, dit le comte, adressé sur mon refus, à quelque compatriote en voyage, car il ne connaît personne à Paris. »

« Au moment où nous entrions par une extrémité dans le chemin bordé de peupliers que nous avions choisi pour notre rendez-vous, nous vîmes arriver, à l'autre extrémité de ce chemin, la calèche anglaise de sir Reginald Annesley. Elle vint à nous du trot léger des deux magnifiques chevaux alezan qui la traînaient. C'était un véritable gentleman que sir Reginald Annesley. Quand il s'agissait d'un duel, il se piquait d'exactitude. Il descendit de sa calèche aussi lestement qu'il eût fait devant Tortoni. Deux jeunes gens l'accompagnaient.

— Ce sont mes témoins que je vous présente, messieurs, — dit-il en nous saluant avec politesse et dignité et en donnant la main au comte de Mareuil. —

— Et voici les miens, monsieur, répondis-je, — en désignant, du geste, MM. de Mareuil et de Cérisy.

Il n'y avait plus qu'à faire les préparatifs d'un combat dont personne de nous ne contestait la nécessité. C'était au pistolet que nous devions nous battre. On nous plaçait à la distance de quarante pas ; nous devions marcher l'un sur l'autre et nous pouvions tirer, quand il nous plairait, même à bout portant.

Pendant que l'on comptait les pas, le croirez-vous, marquise ?... j'avais reconnu la Malagaise dans le second témoin de sir Reginald !!! Je pris par le bras le comte de Mareuil, et l'entraînant à l'écart :

— Vous rappelez-vous, lui dis-je, le fameux duel du duc de Buckingham et du duc de Shrewsbury dans lequel la duchesse, déguisée en page, tint le cheval de son amant et décampa avec lui quand le pauvre diable de mari eut été couché sur le carreau? Tenez, voici le pendant et le contraste de cette célèbre aventure! Voici une demoiselle d'Espagne qui va donner à la grande dame anglaise une leçon de moralité ! regardez!

— Par la mort, c'est la Malagaise! — s'écria Alfred de Mareuil stupéfait, — voilà qui est de plus en plus incompréhensible! Quelle diable de haine enragée avez-vous allumée dans cette femme-là? Cela passe toute proportion connue; mais, je l'avoue, cela commence à me révolter. Oui, d'honneur, j'ai beau être amoureux d'elle, un pareil acharnement ne l'embellit pas. C'est odieux. Et sir Reginald — dit-il encore — qui consent à prendre sa femme pour témoin dans une affaire aussi sérieuse! Ces Anglais! Poussent-ils loin l'excentricité?... J'ai envie de déclarer à ces messieurs ce qu'il en est, et de protester contre l'inconvenance de la présence d'une femme ici.

— Gardez-vous-en bien, — répondis-je.— J'ai eu la même pensée que vous hier, quand sir Reginald m'a proposé le combat, place tenante ; mais aujourd'hui, non ! Jugeons cette femme. Allons jusqu'au bout. Sachons le mot de l'énigme, s'il y en a un. Et puisque la fille du Toréador a soif de sang, qu'elle le voie couler ! —

« Je la regardais en parlant ainsi. Je n'en pouvais ôter ma vue. Était-ce une illusion dernière ? mais jamais elle ne m'avait paru plus charmante. Ce qu'en elle la femme avait d'irrégulier, de dur, de trop maigre, disparaissait quand elle était habillée en homme. Sa redingotte de velours noir, serrée à la taille, dessinait gracieusement son torse nerveux et agile qui provoquait si bien les frémissantes étreintes de l'amour, en les défiant. Voluptueuse par la tournure, cruelle par la physionomie, de nous tous qui étions là pour tuer ou pour voir mourir, elle était certainement la moins émue. La Haine tranquille couvrait son visage, armé d'audace, d'un masque de lave éteinte. Elle tenait dans ses petites mains, fines et calmes, l'un des pistolets qui devaient nous servir et qu'elle-même venait de charger.

« Le duel ne fut pas long, marquise ! A un signal donné, par le comte de Mareuil, sir Reginald et moi, nous marchâmes l'un sur l'autre. Je tirai le premier au dixième pas. Et comme je regardais bien plus ma fascinatrice que mon adversaire, ma balle se perdit et s'enfonça dans un des arbres du chemin. Je dois lui rendre cette justice : les instincts généreux vivaient en sir Reginald Annesley. Le sang, brûlé par les alchools et le jeu, roulait encore de nobles gouttes. Il s'était avancé vers moi, la main pendante, et la bouche de son pistolet tournée vers la terre. Il s'arrêta quand j'eus tiré, comme s'il avait méprisé l'avantage de tirer sur moi sans danger pour lui. Il hésitait, tenant toujours son arme baissée.

« — Tire ! et tue-le donc, — fit l'implacable Malagaise. — Qu'attends-tu ? —

« Et moi, ne voulant pas être en reste devant cet homme qui hésitait avec grandeur, je marchai carrément vers lui, en lui présentant toute la largeur de ma poitrine, et par là, je le forçai à lever son arme, car il eût répugné à me tuer à bout portant. Le fils des premiers flibustiers du monde n'avait jamais manqué son coup. Il cligna l'œil, fit feu d'une main ferme et m'étendit à ses pieds.

« La balle m'avait traversé de part en part.

«Je ne sais combien de temps je demeurai sans connaissance, — mais quand je repris mes sens, je me trouvai dans mon appartement en proié à une fièvre intense et à d'intolérables douleurs. Mes témoins m'avaient transporté chez moi. Ils me montraient un zèle affectueux qui s'élevait jusqu'au dévouement ; le comte de Mareuil surtout. Je le connaissais bien plns que le comte de Cérisy. Le temps que je passai sur mon lit de tortures, il vint me voir presque tous les jours. Fatalement, je lui parlai de la Malagaise. Son image, sa pensée ne me quittaient plus. Pendant la nuit, si ce que je souffrais ne m'empêchait point de dormir, je la voyais incessamment sous ses vêtements d'homme. J'entendais sa voix acharnée s'écrier comme le jour du duel : « *Tue-le, Réginald !* » et, faut-il le dire ! l'amour fait-il de nos plus grands orgueils, des lâchetés ? Tant de haine n'appelait pas ma haine! J'aimais mon bourreau. Oh! quel supplice d'aimer son bourreau! « Mon cher, — me disait de Mareuil, — nous nous perdons dans cet abîme. Avec mon amour pour elle, elle m'a fait positivement horreur jusqu'au moment où vous avez été frappé. Mais à peine êtes-vous tombé qu'un peu de la femme s'est retrouvé. Elle est devenue pâle comme on le devient quand on va mourir. Trop occupé de vous donner les premiers secours et de vous apporter à Paris, je n'ai guère pu étudier ou deviner le genre d'émotion qui l'a saisie. Etait-ce de la haine satisfaite? de la pitié ou simplement des nerfs montés qui se détendaient ?... Je ne sais, mais, du moins, elle avait perdu le caractère de férocité, sombre et froide, qui m'avait tant révolté pendant le détail du combat. » Alfred de Mareuil ajoutait une infinité d'autres choses.

Par exemple, après le duel, il avait été plusieurs jours sans la voir, quoique sir Reginald eût envoyé assez délicatement prendre de mes nouvelles chez le comte, et qu'ils se maintînssent tous les deux sur le pied de familiarité intime où ils vivaient depuis longtemps. Quand il la revit, il l'avait trouvée la même femme. Il semblait qu'elle eût oublié la part extraordinaire qu'elle avait eue à ce duel dont elle avait été la cause. Il osa l'interroger, mais elle lui dit simplement comme si cela expliquait les plus étranges conduites : *Je le haïssais, voilà tout.* Et elle ne répondit plus à ses questions. J'espère qu'il vous le rend bien, señora, — lui avait répondu de Mareuil, — il vous doit un coup de pistolet qui pouvait l'enlever aux plus jolies femmes de son époque. L'amoureux n'en mourra pas, Dieu merci, mais l'amour pourrait bien en mourir. » En disant cela, le comte de Mareuil était-il sincère ? Ne savait-il pas que le mal qui vient de la personne aimée est une raison pour l'aimer davantage, et que les grandes passions savent vivre de ce qui tuerait de médiocres sentiments ?

« J'en faisais alors l'expérience. Déchiré par les plus atroces soffrances de corps et d'esprit, j'idolâtrais la Malagaise qui m'avait infligé toutes ces douleurs. Ma blessure était si dangereuse que je fus pendant plus de deux mois entre la vie et la mort. Cependant, je me soumettais aux prescriptions du médecin avec l'obéissance aveugle d'un homme qui a la passion de guérir. Je voulais guérir pour *la* revoir. Ce que me disait de Mareuil n'étanchait pas mes soifs de cette femme. L'amour même violent, même convulsif comme je l'éprouvais, n'empêche pas l'exercice de la pensée ; il en double le jeu, au contraire. La haine de cette Espagnole était un double problème qui aiguillonnait autant les curiosités de l'esprit qu'elle exaspérait les désirs du cœur. De plus, je remarquai bientôt que mon tendre ami de Mareuil ne répondait plus à mes questions qu'avec contrainte, et je m'inquiétai fort de cela. Je commençais d'être jaloux. Je me persuadai que de Mareuil était fort embarrassé dans la position où nous étions, l'un vis-à-vis de l'autre, de me parler d'une femme qui peut-être avait fini par l'aimer et qui le rendait heureux. Cette idée ajouta à tout ce que je souffrais. Ce fut-là une autre blessure plus incurable que celle de ma poitrine, qui allait chaque jour se cicatrisant. J'aspirais au moment où je pourrais sortir. Je me levais et marchais dans mes appartements, mais le médecin n'en permettait pas davantage. Une fièvre nerveuse, qui tenait plus à l'état de mon âme qu'à une cause physique, me reprenait le soir et me forçait à me jeter au lit. Un de ces soirs-là, je m'y étais mis de bonne heure; fatigué, n'en pouvant plus, je n'avais pas même détaché ma robe de chambre, tant je m'étais précipité à ce sommeil que j'aimais pour les rêves qu'il m'apportait toujours! On était au commencement de septembre. La chaleur qui rendait ma guérison plus difficile, était étouffante. Le soleil était couché, mais la nuit était loin encore. Je ne dormis pas longtemps. Quelque chose de plus brûlant que la chaleur qui m'oppressait, passa sur mes yeux et me réveilla. Quand je les rouvris.... Ah! je crus à une hallucination de ma tête affaiblie! Je vis nettement la Malagaise, assise sur les pieds de mon lit, mais le buste penché vers moi, ayant pour point d'appui sa main posée près de mon épaule. Son visage effleurait tellement mon visage, que c'était sans doute l'haleine de sa bouche entr'ouverte qui était passée sur mes paupières. Elle était immobile, silencieuse, et pâlie, maigrie, changée, méconnaissable, mais les yeux toujours vivants, — ces yeux vampires qui vous suçaient le cœur en vous regardant, — et qui, pour la première fois, cherchaient les miens avec une douceur inconnue.

« — Ah ! mon Dieu, toujours ce rêve ! — m'écriai-je, effrayé et heureux en même temps de ce qu'il ressemblait si fort à la vie. —

« — Ce n'est pas un rêve, — dit-elle de sa belle voix de contralto qui m'attesta par une sensation de plus que je ne dormais pas, — c'est la réalité, c'est Vellini. —

« Et en effet, marquise, c'était elle, chez moi ! assise sur le bord de mon lit ! Comment y était-elle venue ? Elle ! Vellini, mon ennemie ! cette femme cruelle qui avait voulu me voir mourir !

« Je crus à quelque épouvantable ruse ; à quelque lâche ironie de cette femme vindicative et haineuse qui comptait peut-être sur ma blessure pour braver sans péril la passion dont elle venait attiser et tromper les ardeurs.

« — Ah ! pensai-je, tu te risques dans l'antre du lion, imprudente ! —

« Je me soulevai sur mon séant. Mon visage disait trop ma pensée. Elle me devina.

« — Restez, — reprit-elle. — J'ai fait ce que vous allez faire. La porte est fermée à double tour. Voici la clef.

« Et elle me la tendit comme on offre les clefs d'une ville à un vainqueur.

« — Je n'ai pas peur, Ryno, — dit-elle en croisant les bras avec résolution sur sa poitrine, — j'ai assez lutté, mais je suis vaincue. Je ne me donne pas; vous m'avez prise ; faites de moi ce que vous voudrez.

« C'était clair et hardi dans sa soumission même. Cependant ce n'était pas assez... Il est des bonheurs tellement grands, tellement inespérés que quand il tombent, à vos pieds, un jour, vous ne savez comment vous y prendre pour les ramasser,

« — Eh quoi, vous m'aimeriez ! lui dis-je.

« — Comme une folle, — interrompit-elle avec une passion qui fit sur moi l'effet d'une bouffée de flammes. — J'ai commencé par vous haïr. Mais ma haine, c'était de l'amour encore. Quand je vous ai vu pour la première fois devant Tortoni, cette femme qui vous paraissait si froide était foudroyée. Je ne sais quoi m'avertissait que vous pourriez me devenir fatal et courber un jour cette altière Vellini qui, toute sa vie, se joua de l'amour des hommes ! D'effroi, je me mis à vous haïr avec frénésie. Le mépris que vous fîtes de moi; cette mine hautaine qui me déplaisait par sa hauteur même, mais malgré moi, imposait à ma pensée et captivait mon souvenir; ce que le comte de Mareuil me dît de vous et de votre empire sur les femmes, tout augmenta mon épouvante et ma haine, car ces deux sentiments étaient en moi. Je suis une orgueilleuse. Votre orgueil blessait et irritait le mien. Quand à souper chez de Mareuil, vous me parlâtes de votre amour, je crus que c'était la fantaisie blasée d'un homme gâté par les femmes qui vous repoussait vers moi. Vous m'aviez trouvée laide, mais je résistais! Je ne vis là que sûreté de vous-même, sentiment de votre force et caprice. Plus tard je crus à votre amour. Mais quand je ne doutai plus de votre passion pour une femme qui, après tout, en avait inspiré plus d'une... je fus heureuse... Oui, heureuse! de vous faire souffrir! Souffre donc, orgueilleux, me disais-je, souffre donc par moi et pour moi. Cette pensée ne me quittait pas. J'en jouissais au fond de mon âme. Je ne vous fuyais que pour vous faire souffrir davantage, tout en me préservant de vous. Ah! je voulais rester moi-même! Je réchauffais ma haine dans mon sein quand ce serpent voulait s'endormir. Je l'exagérais, je l'agrandissais, pour échapper à l'amour dont j'étais menacée; que je sentais dans ma haine! dans ma haine qui ne l'étouffait pas! qui ne pouvait pas l'étouffer! Je m'indignais jusqu'à la fureur de cette impuissance. J'agissais toujours de manière à m'attester qu'elle n'existait pas. Voilà pourquoi je suis venue à ce duel dont vous avez été victime. Voilà pourquoi j'ai chargé l'arme qui devait vous blesser; que j'ai crié « *tue-le, Reginald!...* Il me semblait que cette puissance que vous aviez, et contre laquelle je combattais, je la noierais dans votre sang répandu; que vous mort, je n'aurais plus personne à craindre. Me suis-je trompée? J'étais stupide. Quand vous êtes tombé sous la balle, j'ai senti que j'étais perdue.... Si vous étiez mort, je me serais poignardée... —

« Je la pris dans mes bras avec délire et je la couvris de caresses.

« — Oui, serre-moi contre cette poitrine que j'ai fait blesser, dit-elle. A la force de tes étreintes, montre-moi que la vie t'est revenue, mon Ryno! Une autre que moi te dirait tout ce qu'elle aurait souffert depuis quarante jours. Mais moi, non! je ne me vante que de t'aimer. Regarde et devine! Tiens, — ajouta-t-elle en soulevant ses bandeaux, torrents de cheveux noirs vigoureusement ondés à ses tempes, — les cheveux m'ont blanchi. — C'était vrai, marquise! — Ah! j'ai vieilli, reprit-elle, dans les remords et les inquiétudes tant de nuits! Je suis venue ici secrètement, en versant l'argent à pleines mains. J'ai obtenu de ceux qui te soignaient de passer les nuits près de toi. Quand tu te réveillais, je me cachais pour ne pas te causer d'impression funeste. Tu ne te plaignais pas, tu souffrais comme un homme. Mais tu n'avais pas besoin de te plaindre pour que je sentisse dans mon sein les morsures de l'acier qui avait déchiré ta poitrine. Enfer pour qui a le sang que j'ai dans les veines! Il fallait respecter ton repos! Il fallait ne pas baiser cette bouche qui disait mon nom dans le sommeil! ce front que j'avais balafré! Moi, qui n'ai jamais résisté au moindre désir de mon âme, j'étais enfin domptée par la terreur de faire mal à l'homme que j'aimais....—

« Enivré par ces ardentes paroles, je hachais de baisers ce qu'elle me disait. Tout à coup je rencontrai sous ma main quelque chose de dur qui roulait entre le corset et la poitrine de la Malagaise.

« — Qu'est-ce que cela ? lui dis-je.

« — C'est le plus précieux de mes bijoux, — répondit-elle en écartant les bords de la robe échancrée en cœur, — et elle me montra la balle extraite de ma blessure qui meurtrissait sa peau brune et fine.

« — Vois-tu, reprit-elle, quand on a sondé ta blessure, j'étais là, tu ne me voyais pas. Je me dérobais derrière les rideaux, mais j'étais là. Je n'approchai de toi que quand tu fus entièrement évanoui sous la douleur qu'on te fit endurer. Le médecin me prit pour ta maîtresse ; il se trompait : je n'étais encore que ton esclave. Je me jetai sur cette plaie saignante ; il m'en écarta ; mais je saisis son scalpel, et je menaçai de l'en frapper s'il résistait à ma volonté. J'avais entendu dire que sucer les blessures les empêchait d'être mortelles, et je voulus sucer la tienne.

« J'ai donc bu de ton sang ! — ajouta-t-elle avec une inexprimable fierté de sensuelle tendresse. — Il disent dans mon pays que c'est un charme... que quand on a bu du sang l'un de l'autre, rien ne peut plus séparer la vie, rompre la chaîne de l'amour. Aussi veux-je, Ryno, que tu boives de mon sang comme j'ai bu du tien. Tu en boiras, n'est-ce pas, mon amour ?... —

« Et rapidement, car elle avait la rapidité au même degré que l'indolence, elle prit un petit poignard caché dans sa ceinture, et elle en fit briller l'acier avec une coquetterie sauvage.

« Je lui saisis le bras de vive force.

« Mais le courroux traversa ses sombres prunelles d'un éclair plus incisif et plus bleu que celui de la lame qui resplendissait dans sa main. Elle frappa du pied avec violence.

Les veines de son cou se gonflèrent et noircirent.

« — Cela sera, — dit-elle avec un de ces emportements familiers à son caractère et sous lesquels tout, dans sa vie, avait plié comme sous l'ouragan. — Du fond de sa colère, elle se prit à sourire.

— Tu ne me tiendras pas la main toujours, — dit-elle, avec la tranquillité du défi. —

« Je la savais aussi opiniâtre que violente. Ce n'était pas pour rien qu'elle avait ce front bombé, sur lequel le rayon de lumière se brisait vaincu. Je renonçai à exalter sa folie en la combattant : j'abandonnai la main que je tenais.

« Alors elle écarta avec un geste d'une lenteur triomphante la dentelle qui recouvrait la ferme tablette de la poitrine.

« — Écoutez! — lui dis-je de toute l'autorité de ma parole, — vous m'avez dit que vous m'apparteniez ; vous m'avez dit que j'étais votre maître. Ceci est à moi! Je vous défends de vous frapper là.

« — Eh bien! au bras ! — répondit-elle.

« Elle l'avait nu. J'essayai de diriger sa main et de retenir le stylet sur la peau effleurée ; ce fut en vain. Elle l'enfonça avec une résolution souveraine. Un flot d'un pourpre profond inonda son bras bistré.

« — Tiens, bois! — me dit-elle.

« Et je bus à cette coupe vivante qui frémissait sous mes lèvres. Il me semblait que c'était du feu liquide, ce que je buvais!

« Tout cela, marquise, était bien absurde, bien superstitieux, bien insensé, presque barbare ; mais si ce n'avait pas été tout cela, aurais-je aimé cette femme comme je l'ai aimée? Je puisai sans doute dans sa veine ouverte l'avant-goût des voluptés cruelles, la soif du bonheur agité, brûlant, orageux, qui pendant longtemps fut ma vie. A partir de ce soir-là, Vellini devint ma maîtresse, et elle justifia par des largesses de reine et l'empire des plus inexprimables sensations le titre dont elle était si fière. »

— Sur ce simple échantillon, — dit la marquise, — je comprends déjà vos dix ans.

« Vous comprenez, n'est-ce pas ? — reprit Marigny, — qu'ils ressemblèrent toujours un peu à ces premiers moments que je viens de décrire. L'amour, dans ses intimités les plus voulues, dans l'abandon de ses habitudes les plus chères, porte éternellement la marque de son origine. On continue de s'aimer comme on commença. L'amour de Vellini s'était nié à lui-même qu'il existât ; il avait combattu avec acharnement contre sa propre violence. Au nom de l'orgueil inquiet et blessé, au nom de l'indépendance de la vie menacée, il avait réagi avec une opiniâtreté furieuse contre l'être qui l'inspirait. Puis il s'était déclaré vaincu et mis aux pieds de son vainqueur, lui offrant la dépouille opime de ses résistances désavouées, altéré du double bonheur de la confiance et des caresses. Mais cet amour ne changeait pas le caractère de Vellini. L'asservissement de cette âme impérieuse, qui s'était rejetée à la haine pour ne pas se livrer à l'amour, ne fut pas si grand, si complet que parfois elle ne se relevât, comme l'acier d'une épée qu'on plie sur le pavé, de toute sa hauteur sous sa main. Il avait beau m'être attaché par des liens de feu, ce cœur s'insurgeait souvent contre moi. De mon côté (mystérieuse et naturelle sympathie!) moi, qui n'avais pas cherché comme elle à étouffer dans mon âme la passion qu'elle y avait allumée, je sentais la haine et la colère passer quelquefois à travers l'amour! Jusque dans l'intimité la plus profonde, ces chocs soudains de nos deux âmes nous refaisaient ennemis armés l'un contre l'autre et communiquaient quelque chose d'horriblement fauve aux caresses dont nous nous repaissions.

« Mais ce ne fut point les jours qui suivirent le soir où la Malagaise avoua sa défaite que ces choses survinrent, ce fut plus tard. Tout d'abord nous ne fûmes qu'heureux ; et si le bonheur nous dévora, du moins nous, nous nous épargnâmes. Je fus bientôt entièrement guéri de ma blessure, mais je n'avais pas de raison pour sortir d'un appartement où Vellini venait tous les jours. Elle arrivait furtive et voilée. Quand elle entrait, elle bondissait dans mes bras, et c'était avec les mouvements des tigresses amoureuses qu'elle se roulait sur mes tapis en m'y entraînant avec elle. Marquise, je puis dire ces choses à une femme comme vous. Bien des cœurs, plus ou moins épris, avaient battu sous ma main, mais jamais je n'avais vu ni éprouvé de tels transports. Il y avait en Vellini un magnétisme secret dont elle me faisait partager l'empire, et qui pénétrant invinciblement au plus profond de mon être, en partait pour retourner au centre du sien. Je n'aurai point de fausse honte avec vous, marquise, qui vous moquez des hypocrisies de ce siècle. Oui, notre amour, — cet amour qui avait commencé par la haine et qui avait bu du sang pour s'éterniser, était surtout physique et sauvage. Seulement la possession, ordinairement si meurtrière, le vivifiait, l'accroissait, au lieu de l'anéantir. Il n'avait pas les langueurs rêveuses ni les contemplations muettes qui prennent les amants rassasiés et les rejettent à la vie de l'âme, entre deux bouchées de caresses. Mais c'est que les sens fatigués n'étaient jamais assouvis!

Vellini, d'entre toutes les femmes peut-être, était la seule qui savait en éterniser les volontés délirantes.

« Nous passâmes à peu près quinze jours dans cet entrelacement brûlant qui fait si bien oublier le monde à deux êtres, accablés de bonheur... Mon appartement était situé rue de la Ville-Evêque, dans le pavillon d'un mystérieux jardin, où les bruits venaient mourir comme la lumière. C'est là que nous nous créâmes cette solitude, nécessaire à l'amour. Je ne recevais personne. A tous ceux qui se présentaient pour me voir, on répondait que j'étais à la campagne. Je voulais par là, éviter le comte de Mareuil dont la conduite, à mon égard, avait été parfaite, et lui épargner le soupçon d'une félicité qu'il aurait peut-être devinée dans mes paroles ou dans mes regards. Et puis, je voulais être libre! Maîtresse de son temps et de ses démarches,

Vellini venait tôt et s'en allait tard. Je l'attendais quand elle n'était pas venue, et quand elle était partie, je recommençais de l'attendre ; cercle de sensations intenses dans lequel je roulais et dépensais les forces haletantes de mon âme ! La vie pour moi n'existait pas hors de Vellini. Je la passais tête-à-tête avec mes souvenirs des jours précédents, de la veille, d'il y avait une heure ! m'enivrant des traces laissées sur les meubles que son corps souple avait pressés, qu'il avait tiédis et où je la cherchais encore... On n'analyse point de telles folies. C'en est même une autre que de les rappeler. Pendant ces premiers quinze jours, consacrés par les bouleversantes surprises d'une volupté torréfiante, par des découvertes dans les jouissances d'un amour qui peut tout et veut tout, je vécus, moi, le Marigny que vous connaissez, marquise, soumis à tous les despotismes de cette femme qui avait tremblé de m'aimer. Je lui donnai une clef de mon appartement ; je m'y laissai enfermer par elle. J'eus la coquetterie de l'esclavage. Je fus l'odalisque de notre liaison et elle en fut le sultan. Cela lui plaisait ; cela flattait la fierté de son âme autant que cela rassurait l'inquiétude jalouse attachée à tout grand amour ; et moi, cela me plaisait aussi ; cela me plaisait de la voir vraiment souveraine et maîtresse ; volontaire, impérieuse, jusque dans mes bras ; lionne frémissante dont le courroux était si près de la caresse !

« Je vous ai dit, marquise, qu'elle s'en allait tard. Son mari, sir Réginald Annesley, livré à son goût effréné pour le jeu, passait ses nuits dans les tripots et ne rentrait guères à l'hôtel que vers le matin. C'était à cette heure aussi que les bras enlacés se dénouaient et qu'un dernier baiser scellait tristement nos adieux. Je l'enveloppais alors, pâle de plaisir et les artères encore palpitantes, dans un long châle qui lui cachait la taille, et je la reconduisais souvent en voiture, quelquefois à pied. Une fois l'heure était plus avancée que de coutume. Le temps avait vainement marqué son passage. Plongés, perdus dans l'abîme de nos sensations, nous n'avions rien entendu. Le ciel commençait à blanchir, et je le lui dis.

« Mais elle écouta, sans sourciller, la petite diane d'épouvante que je lui sonnais :

« — Bah! — répondit-elle, avec l'enfantillage audacieux des passions fortes et l'imagination des filles du Midi : — je veux, Ryno; que le soleil me voie dans tes bras ce matin. —

« Rien ne m'avait annoncé ce nouveau et brusque caprice qui était de l'amour encore, mais qui pouvait être une dangereuse imprudence. Son front, que léchaient en passant, les flammes de la passion satisfaite, mais qui, même quand la bouche criait de plaisir, restait toujours impénétrable ; ce front, hélas! de femme aimée qui souvent m'avait fait comprendre que Caligula tranchât la tête à sa maîtresse pour voir ce que cette tête cachait, n'avait point trahi sa pensée depuis cinq heures qu'il reposait sur mon épaule et que je le couvrais de baisers. Maintenant il s'entr'ouvrait un peu.

« — *Cariño,* — reprit-elle, — ne parle pas d'imprudence. Je veux rester et je le puis. Tiens! vois ma main, je n'ai plus mon alliance. Je l'ai brisée tantôt sous le talon de ma bottine, en annonçant à sir Réginald que je t'aimais.

« — Vraiment! — repartis-je, encore plus heureux qu'étonné de son action, car je savais dans quel fier moule Dieu l'avait jetée, et combien son énergique nature avait besoin de sincérité.

« — Oui, — dit-elle, — je n'ai pas voulu le tromper. J'avais cru l'aimer quand il m'épousa à Séville, mais ce que tu m'as mis dans le cœur, Ryno, m'a bien fait voir que je ne connaissais pas l'amour.

« Et qu'a-t-il répondu? lui demandai-je.

« — Il est terriblement jaloux, — répondit-elle, — et après le jeu et le Porto gingembré, je suis encore ce qu'il aime le mieux. Il est donc entré en fureur. Je m'y attendais. Si je ne l'avais pas évité, il m'aurait porté dans la poitrine un coup de poing de son pays. Pour ne pas le frapper comme on frappe dans le mien, j'ai jeté mon *cuchillo* à l'autre bout de la chambre. Mon calme a glacé sa sanguine colère. Il est tombé dans une apathie brutale. Et moi, je me suis tranquillement enveloppée de ma mantille et je suis sortie de l'hôtel qu'il habite, pour ne jamais, vois-tu ? y remettre ce pied-là ! —

« Et elle souleva son pied légèrement, — un pied busqué qui attestait la race de sa mère. Je le pris dans mes mains et je le baisai.

« — Tu m'appartiens donc toute ! — lui dis-je avec l'orgueil de la possession complète, — non plus de celle qui triomphe derrière les rideaux d'une alcôve et les faussetés du monde, — mais de celle qui foule avec dédain tous les masques et se montre hardiment à ce monde sans cœur.

« — Oui, — répondit-elle, en levant la tête avec un orgueil plus rayonnant encore que le mien, — je n'étais ta maîtresse qu'ici. A présent, je la serai partout. J'étais la femme légitime d'un baronnet anglais, sir Réginald Annesley. Je ne suis plus que Vellini-la-Malagaise, la maîtresse publique de Ryno de Marigny. — »

IX

L'égoïsme à deux.

(*Suite d'une variété dans l'amour.*)

« — Le lendemain, — continua M. de Marigny après une nouvelle pause, — tout Paris, — le Paris des jeunes gens de la rampe de Tortoni et du balcon de l'Opéra, sut que madame Annesley avait quitté son mari pour me suivre. Mon ami, le comte de Mareuil reçut cette nouvelle comme un coup de tonnerre, mais sa passion très réelle au fond, l'emportant sur son ancienne vanité et le Dandysme tenant toujours, de sa main gantée, les rênes blanches de sa conduite, — comme il tenait celles de son tilbury, — il ne fit pas d'éclat et resta de bon goût avec moi. J'avais gagné cette fameuse partie que nous avions engagée un certain soir et dont l'amour de la Malagaise était l'enjeu. Nous avions joué à visage et à jeu découverts. Il avait même souri, me croyant perdu. C'était lui qui l'était au contraire! Que pouvait-il me reprocher?... Je comprenais maintenant le silence dans lequel, lors de ses dernières visites, il s'était réfugié quand je lui parlais de la Malagaise. Avec le flair de l'homme amoureux, il avait senti que j'étais aimé au moment où défiant comme tout cœur qui désire, je n'eusse osé croire à un tel bonheur. Son chagrin n'eut point de rancune. Il vint plusieurs fois me voir et me parla avec grâce de ce qu'il souffrait. « — Après tout, — me dit-il un jour, — vous l'avez bien achetée. C'est le prix de votre sang. Elle a failli vous faire tuer. Mais comme je ne veux pas qu'elle me tue, moi ! et à petit feu, je vais voyager de nouveau et tâcher de l'oublier à force d'éloignement et de distractions. » —

« Et peu de jours après cet entretien, il partit. Je l'ai revu deux fois depuis, l'une à Hambourg, l'autre à Stuttgard. Il était devenu aussi joueur que sir Réginald Annesley lui-même. Quand il me rencontra ces deux fois, il me fit la même question. « L'avez-vous toujours ? » me dit-il. Je savais de qui il parlait, et je répondis affirmativement. « Et moi aussi, — ajouta-t-il avec une tristesse qui me toucha, — je l'ai toujours.... dans le cœur. » En était-elle sortie quand, plus tard, il mourut tué d'un coup d'épée, à propos d'une sotte question de lansquenet? Quoiqu'il en soit, marquise, ce n'est pas une des moindres preuves de la puissance de Vellini que d'avoir inspiré une passion si profonde *pour rien* à un dandy spirituel, opulent, et qui avait passé toute sa vie, à rire des passions malheureuses, comme le comte Alfred de Mareuil.

« Je restai, tout cet hiver-là, à Paris. Je prévoyais quelque nouveau duel avec sir Réginald Annesley; mais à mon grand étonnement, je n'entendis point parler de lui. Dans ma position à son égard, il ne me convenait pas plus de l'éviter que de le chercher. Je devais l'attendre, il ne vint pas. J'appris qu'il se plongeait avec un redoublement de furie dans le jeu et dans les alchools. Il s'efforçait, sans doute, d'oublier cette femme qu'il avait épousée par folie de tête et de sens et qui l'abandonnait pour un autre à la première occasion. Vous l'avez vu, marquise, c'était un homme d'un tempérammment énergique; un fort mélange de Normand et de Saxon. Comment son orgueil, sinon sa douleur, ne le poussa-t-il pas vers moi pour tirer vengeance de l'injure que je lui faisais?... Qui le retint?... Toute âme d'homme est bizarre, mais l'âme d'un Anglais l'est deux fois!... Oui, peut-être pensa-t-il que s'il s'acharnait à reprendre cette femme qui était la sienne, au nom de son droit légal ou de sa force individuelle, il n'était pas près d'en avoir fini avec nous; que nous étions deux contre lui, deux dont il connaissait un, car il devait savoir par expérience s'il était aisé de subjuguer Vellini. Oui, peut-être pensa-t-il que s'il s'engageait dans cette voie, il s'arracherait lui-même tout vivant à ce jeu qui le tenait par les entrailles, plus encore que cette Malagaise, — aimée comme les

Anglais savent aimer, par orgueil, par ennui, épousée d'ailleurs, connue, possédée! — Joueur avant tout, accoutumé de croire au sort, les battements incoërcibles du cœur de Vellini pour moi étaient l'arrêt de son destin, à lui. Puis, il n'avait pas d'enfant d'elle. Elle cessait de porter son nom. Elle ne lui demandait pas une livre sterling de sa fortune. De toutes les richesses qu'il pouvait jeter dans le gouffre qu'un joueur ne comble qu'avec son corps, elle avait emporté quelques bijoux donnés par sa mère et sa mantille. Il ne vint donc pas : il me la laissa.

Elle voulut habiter avec moi, dans mon appartement, rue Ville-Évêque. Je ne m'en souciais qu'à moitié, non par un motif élevé de convenance; j'étais si jeune et si fou! mais pour une raison plus frivole, tirée de la seule élégance des mœurs. Je ne trouvais pas digne de moi de n'avoir qu'une maison avec ma maîtresse comme avec une femme légitime, mais elle l'exigea violemment et elle m'étreignait dans les liens d'une félicité si puissante que je cédai. Vous pouvez penser, chère marquise, quel éclat fit cette habitation publique, officielle, qui bravait la honte ; d'une femme mariée, avec son amant et d'une femme qui avait quitté son mari, en lui disant où elle allait. On en parla partout. Le scandale fut complet. Moi qui tenais à la haute société de Paris par ma naissance et mes relations, j'inspirai toutes sortes d'horreur à des femmes que vous connaissez, et qui pourtant ne me fermèrent pas leurs salons. Vellini n'appartenant pas à cette société où l'opinion trône sur toutes les lèvres, ne put pas souffrir de ces jugements qu'elle ignorait. Elle les aurait connus, du reste, qu'elle eût aimé à les braver. C'était presque autant pour tenir tête au monde que pour vivre d'une vie plus intimement fondue qu'elle avait voulu habiter avec moi. D'une audace de cœur impassible, ne trouvant jamais dans son âme ces préjugés qui engendrent toutes les lâchetés de la vie des femmes ; extérieure comme une fille du Midi, elle éprouvait de mâles jouissances de fierté à projeter son amour au dehors d'elle. Où les autres femmes auraient placé leur abaissement, elle plaçait sa gloire, Elle eût volontiers écrit sur ses cartes de visite qu'elle était ma maîtresse. Combinaison singulière de soumission orgueilleuse et de caprice obstiné et despote! Avec le monde, elle eût fait briller fastueusement à tous les yeux le collier de force sur lequel elle aurait aimé à graver mon nom ; et avec moi, tête-à-tête, au sein de l'amour le mieux partagé, elle l'aurait détaché de son cou, pour le mettre au mien!

« Nous passâmes à Paris toute cette première année d'une liaison qui devait durer dix ans. Comme tout homme, ayant près de lui les mille satisfactions d'une passion qui a pris sa vie, je n'allais dans le monde que poussé, entraîné par mes amis. Je revenais vite auprès de Vellini. J'y revenais avide de tout son être, plus affamé que jamais de cette intimité, dans laquelle l'un et l'autre, nous avions concentré nos désirs. Je la retrouvais, m'attendant toujours, à la place où je l'avais laissée, la ceinture détachée, comme elle l'avait quand j'étais parti, les cheveux dénoués, plongée dans la torpeur de cette paresse, sous laquelle couve l'électricité des natures sensuelles. Quoiqu'elle fût jalouse à rappeler par ses furies, cette Margarita aimée de lord Byron pendant son séjour à Venise, elle était bien sûre, à l'expression que j'avais en la revoyant, de n'avoir point de rivales. Qu'étaient alors pour moi les femmes que j'avais le plus admirées, celles qui parmi les patriciennes du faubourg Saint-Germain réunissaient à la beauté la plus imposante, la grâce suprême des manières et l'aiguillon scintillant de l'esprit?... Folie des passions! ensorcellement des choses nouvelles! allez, marquise, je leur préférais mon indolente Malagaise dont la vie, comme celle des lionnes du désert, s'écoulait entre les engourdissements du sommeil et les voluptueuses fureurs de l'amour, — entre la sieste accablée et le réveil animé sur mon cœur! Tout était contraste en cette nature nerveuse et puissante. Elle continuait d'être dans le détail de chaque jour, ce qu'elle s'était montrée dans le souper du comte de Marcuil. Tantôt d'un mouvement irrésistible, tantôt d'une inertie lourde et froide. Inconstante comme la mer, aussi vite soulevée, du moins elle n'était pas perfide. Au contraire. Elle avait la loyauté des êtres forts ; l'insouciance hardie d'un enfant gâté ou d'une courtisane ; la profondeur de sentiment de la duchesse sa mère, et sous ses formes déliées le sang et les muscles de son père, — le Toréador ! Le comte de Mareuil n'avait rien exagéré en me racontant son enfance. Elle avait été élevée de manière à ce que tous ses instincts, bons ou mauvais, pûssent se développer dans toute leur incompressible vigueur ; et pour moi qui n'avais jusque-là connu et désiré que des femmes du monde, je respirais, avec dilatation, l'âpre saveur de cette énergique indépendance.

« A la fin de cette année, marquise, nous partîmes pour l'Italie et pour le Tyrol. Pendant quatre ans à dater de cette époque, soit que nous ayions voyagé, soit que nous soyions revenus séjourner à Paris, Vellini et moi, nous ne nous sommes pas séparés. Jamais Lara ne fut suivi plus fidèlement par son page que je ne l'ai été par cette femme associée à ma vie errante, et qui, en toutes choses, voulait partager mon destin. Il n'est pas un danger que j'aie couru auquel elle ne se soit témérairement exposée. L'amour seul, — comme elle le ressentait, — l'eût entraînée partout sur mes pas, mais l'espèce d'âme qu'elle avait, lui rendit cette existence plus facile. Orgueil, imagination, besoin d'aventures, tout cela fermentait en elle autant qu'en moi. Elle me disait souvent : « mon âme est jumelle de la tienne, » — et c'était trop vrai ; car c'était l'occasion de ces luttes longues et cruelles dont je vous ai parlé déjà et qui s'élevaient entre nous, du sein même de la volupté. Elle avait l'art de soulever mes passions avec les bizarreries ou les résistances de son orgueil et elle m'exaspérait tellement avec ses incroyables caprices, quand j'avais le plus besoin de la langueur d'une femme et de son délicieux abandon, que je me surprenais à lever sur elle une main irritée; transport dont je lui demandais pardon, à travers mille baisers, une minute après. Elle, de son côté, n'était pas plus douce. Je l'ai bien des fois désarmée de son *cuchillo* au moment où elle allait s'en servir contre moi, pour qui elle eût donné sa vie. Vous sentez, marquise, que pour résister à ces violences, il fallait un lien forgé dans l'enfer d'une passion implacable. Aussi, ne le traînions-nous pas comme une chaîne, ce lien d'âme et de corps, éprouvé aux flammes du plaisir! Nous l'emportions comme une emprise brûlante dont nous étions fiers. Attachés ainsi, l'un à l'autre, nous traversâmes une partie de l'Europe sans la voir. Aveugles pour tout ce qui n'était pas nous-mêmes ; ni les monuments de la nature et des arts, ni les originalités des peuples ne purent nous tirer de la stupidité abjecte ou sublime d'une passion qui anéantissait l'univers. Peu d'évènements étaient de nature à modifier une telle vie, une telle absorption de deux êtres dans une même pensée. Le seul pourtant qui pût ajouter à la profondeur de nos sentiments, arriva. Nous eûmes un enfant.

« Il était dit par la Destinée que rien de ce qui devait intéresser Vellini ou l'amour que j'avais pour elle, ne ressemblerait aux choses ordinaires de la vie, à ces circonstances plus ou moins vulgaires qui sont à peu près les mêmes pour tous. L'enfant de Vellini vint avant terme. Elle le mit au monde, au pied des Alpes, sur le bord d'un torrent où nous allions promener presque tous les jours dans l'été de 18... et qui se trouvait à une assez forte distance du Châlet que nous habitions. C'est là que les douleurs la surprirent. J'avais alors la tête sur ses genoux. Je la vis pâlir tout-à-coup et je ne sais quel effarement d'angoisse, passer dans ses profonds yeux noirs, qui pleuvaient leur feu dans les miens et qui m'interceptaient le ciel. Nous étions trop loin de tout secours humain pour que j'osâsse la quitter. Elle accoucha comme une des créatures du désert, comme une fille de la nature, d'un enfant qui semblait devoir vivre, tant il était sain, fort et beau ! Si trente mois plus tard, nous le perdîmes, ce fut d'une maladie violente. Vellini, dont tous les sentiments se teignaient de sensations, montra à cet enfant, — c'était une fille, — une passion qui ressemblait presque à l'amour des femelles pour leurs petits. « Ah ! je l'aimerai, — disait-elle, — comme m'aima ma mère. » Je savais comment la duchesse sa mère, l'avait aimée. De Mareuil me l'avait raconté ; elle-même m'avait confirmé cette histoire. Elle me ressuscita donc ces éperdûments d'amour maternel qui étaient tombés convulsivement sur son berceau et qui avaient embrasé son enfance, libre et adorée. Elle pourtant, comme la duchesse, sa mère, n'avait point à prendre ce change sublime et cruel d'un amour contre un autre amour ; à reporter d'un être mort tous les sentiments de son cœur sur un enfant qui le rappelle. J'étais vivant ; j'étais près d'elle, je l'aimais avec un délire plus fort que tous les orages qui passaient parfois entre nous. Mais pour une âme comme la sienne, la passion maternelle se serait dégradée si elle avait pu tomber jusqu'à n'être qu'un dédommagement de l'amour. Non, son sentiment pour sa fille ne relevait que de lui-même comme celui qu'elle avait pour moi, car elle n'était pas de ces femmes chez qui la mère tue tout ou diminue tout, quand elles sont mères. Elle avait le cœur assez grand pour deux.

« Ma chère marquise : les trente mois de l'existence de notre enfant passèrent avec la rapidité d'un beau rêve, mêlé, sans l'interrompre, à cette âpre réalité de l'amour qui nous étreignait. Au berceau de sa fille comme partout, Vellini était toujours, comme elle l'avait dit, la maîtresse de Ryno de Marigny. Que de fois entrecroisâmes-nous nos baisers au-dessus de notre fillette endormie et lui fîmes-nous, dans son sommeil, comme un dôme de mystérieuses caresses! Mais ces moments de douce et rêveuse tendresse ne duraient pas. Il y avait dans cette brune fille de Malaga, dernière palpitation peut-être de ce sang mauresque, qui en coulant pendant des siècles, sur tous les bûchers de l'Espagne, les avait mieux allumés que les torches des bourreaux, une sensuelle ardeur incorrigible et qui se retrouvait encore dans les plus chastes instincts de son être. Plus tard, si sa fille eût vécu, les transports dont elle était l'objet, auraient eu certainement leur danger. Ils auraient troublé son repos. Ils auraient pu éveiller de trop bonne heure cette volupté qui dort si bien dans l'innocence, mais Vellini ne se doutait pas qu'on pût aimer sa fille autrement qu'elle aimait la sienne. Elle obéissait à sa nature. Elle agissait, à son insu, avec la spontanéité irrésistible des plus magnifiques sensations. Je savais cela ; je me le répétais, mais la passion que j'avais pour elle, souffrait cependant de la voir si esclave et si idolâtre ! Les folies qu'elle faisait avec sa fille avaient je ne sais quelle ressemblance avec d'autres folies que je connaissais... C'étaient des cris, des frénésies, presque des lèchements de bête fauve... Elle suçait ces grands yeux qui la regardaient, sans rien comprendre à toutes ces furies maternelles. Elle mordait amoureusement toute cette jeune et délicate chair où filtraient les premières fraîcheurs de la vie. Spectacle agitant pour mon âme! Le père était moins fort que l'amant jaloux! — « Qu'as-tu, Ryno? — me disait-elle, en relevant une tête ivre, du visage de sa fille qu'elle emportait dans ses bras. — « Ah! — reprenait-elle, lisant dans ma pensée et s'enivrant encore davantage du bonheur de me voir si misérablement jaloux, — n'es-tu pas mon enfant aussi?... » Et jetant là sa fille, au risque de la briser, elle s'élançait à moi, m'entourait de ses bras fragiles comme s'ils eussent été faits de fer, me soulevait et me portait, en riant, jusqu'à l'extrémité de la chambre. Alors elle apportait et roulait sa tête sous la mienne. Ah! oui, c'étaient là des démences!

Mais n'avez-vous pas voulu les savoir, marquise ? C'étaient des démences dont une grande douleur ne put pas même nous guérir. Nous perdîmes notre enfant. Nous étions à Trieste. Elle expira après cinq jours et cinq nuits de souffrances aigües et une agonie dont nous partageâmes les tortures. Le désespoir de Vellini fut d'abord muet et terrible, car pour cette femme qui criait de bonheur quand elle était heureuse, ce silence dans lequel elle resta plongée avait quelque chose de plus tragique que les pleurs et que les sanglots. Je craignis un instant pour sa raison... Elle ne voulait pas abandonner le cadavre de son enfant. Elle demeura, trois jours, l'ayant sur ses genoux à le regarder d'un œil fixe. La bouche entr'ouverte, hérissée, rigide, vous l'auriez prise pour une statue de l'Horreur. Ce ne fut que quand un voile bleuâtre, plus épais et plus affreux que celui de la mort, fut descendu sur le front pur de la pauvre petite trépassée, qu'elle comprit la nécessité de s'en séparer. Seulement, l'idée que l'être à qui elle s'était unie par tant de caresses, allait être la proie d'une hideuse destruction, renversa cette âme primitive, cette imagination qui donnait à tout une forme tangible et qui aurait vu toute sa vie, — comme le Zahuri des superstitions de son pays, — la dissolution du corps bien-aimé à travers la terre et les fleurs qui l'auraient couverte. « Brûlons-la plutôt, Ryno, » me dit-elle, un soir. C'était bien une idée digne d'elle; d'une femme qui, sans effort et en restant ce que Dieu l'avait faite, foulait la vie ordinaire sous ses pieds; mais son angoisse avait un si auguste caractère et je m'associais si bien à toutes ses sensations, que je résolus de lui obéir.

« Il y a quelque part de l'autre côté de Trieste, sur les bords de l'Adriatique, une place déserte, indifférente à ceux qui passent, mais qui me sera éternellement sacrée. C'est là que nous brûlâmes notre enfant, cet enfant né de l'amour, élevé par l'amour et mort dans l'amour de ceux qui lui avaient donné la vie. J'avais avec de l'argent et d'instantes prières obtenu toutes les permissions de qui aurait pu s'opposer à une cérémonie si nouvelle. Elle eut lieu la nuit, obscurément et n'eût d'autres témoins que quelques serviteurs fidèles, Vellini et moi. J'avais fait construire un bûcher de pins sur le rivage. C'est là que Vellini déposa elle-même de ses propres mains, le corps de sa Niña tant aimée, de notre petite Juanita. Elle l'avait apportée dans sa voiture, la tenant sur elle, comme si elle vivait. Elle l'avait revêtue d'un de ses costumes, imaginés par elle et qui seyaient le plus à la beauté de cet enfant, déjà fière et sombre. Vellini, plus pâle et plus sombre encore que ce cadavre qu'elle portait entre ses bras passionnés, la coucha sur le lit funèbre. Je la vis, à la lueur de nos torches, embrasser une dernière fois cette bouche violette et glacée dans laquelle elle eût coulé des torrents de vie si la mort n'était plus forte que l'amour, — puis, prenant un flambeau des mains d'un de nos domestiques, allumer stoïquement le bûcher. Marquise, je n'oublierai jamais ce moment suprême! La nuit était froide et noire. La mer, aussi noire que la nuit, avait un sourd et triste murmure, en nous renvoyant les feux du bûcher, dans le miroir uni de ses flots. Vellini qui, jusque-là, avait eu les mouvements de la fièvre et l'éclat d'une résolution désespérée dans les yeux, commençait de pleurer des larmes silencieuses qui ruisselaient sur ses joues meurtries, pendant que la flamme s'élevait, en tournoyant, vers le ciel chargé. J'étais navré, mais la douleur que je ressentais était plus grande parce qu'elle m'atteignait à travers la sienne. Je ne voyais qu'elle à cette flamme. C'était à elle que je pensais plus encore qu'à cette pâle forme qui allait disparaître pour toujours. Tout à coup ses pleurs se séchèrent. Un cri rauque sortit de son cœur. Le visage de sa fille était enveloppé... c'en était fait ! Un désir, — le désir forcené des âmes fortes qui croient maîtriser l'impossible, — s'était emparé de son être. Elle ne l'avait pas assez embrassée et elle se précipita dans le feu pour la reprendre à la flamme, grandie sous le vent, palpitante ! Elle aussi sembla disparaître, mais d'un bond, je la rejoignis ! Je la repêchai dans le brâsier qui l'eût dévorée, et je la rapportai, les yeux brûlés, à moitié morte... »

— Brave et courageuse créature ! — fit la marquise émue, ne pouvant s'empêcher d'interrompre Marigny, tant son émotion était sincère !

« Dans mes bras, — reprit Marigny — elle s'était toujours ranimée. Elle s'y ranima encore une fois. Mais en vain je voulus la tirer de ce cruel spectacle. En vain essayai-je de la déposer dans la voiture qui attendait. Elle s'obstina à rester là jusqu'au matin. Le jour la vit, sur les débris éteints et fumants du bûcher, ramasser pieusement les cendres qui naguères avaient été sa fille. Un souvenir de l'Espagne, une impression de son passé, les lui fit porter le lendemain au couvent des Carmélites de Trieste qui les déposèrent en terre sainte. Après la femme, reparaissait l'Espagnole. Seulement si elle céda à l'empire de quelque croyance, retrouvée, au jour du malheur, à un des replis de son âme, elle n'en éprouva point d'adoucissement à ce qu'elle souffrait. Elle demeura bien longtemps dans une douleur cruelle et farouche. Quand elle fut épuisée de hurlements et de sanglots, elle tomba dans une stupeur morne. Moi qui l'aimais d'un amour attisé par elle, j'avoue que l'égoïsme de ma passion s'épouvanta de la profondeur de sa peine. Je tremblais qu'elle ne tuât l'amour dont j'étais altéré encore. Marquise, j'avais tort de trembler. Cet amour résista autant que le mien. La mère oublia dans mes bras l'enfant arraché à sa mamelle. Vellini était plus maîtresse que mère. Elle était si complètement organisée pour la volupté, qu'il la lui fallait toujours, même le cœur brisé par l'angoisse. Elle s'y rejetait avec une avidité vorace et sombre, et comme toujours depuis que nous vivions ensemble, elle me la faisait partager.

« Nous voyageâmes quelque temps après la mort de notre fille, mais le mouvement extérieur des voyages ne pouvait guères distraire Vellini, devenue sinistre de tristesse. Ne vous l'ai-je pas assez dit, marquise? le monde extérieur n'existait pas pour elle. Il n'y avait que moi seul qui l'arrachât à l'idée dévorante de la perte de notre chère enfant. Pour l'oublier, elle se replongeait un peu plus avant dans cet amour du fond duquel elle eût méprisé la colère de Dieu. Seulement quand elle sortait de ces enivrements appelés sans cesse, dûssent-ils faire mourir, c'était pour rentrer pâle, épuisée, dégoûtée, languissante, dans la pensée qui la déchirait. Moi qui souffrais de toutes ses souffrances, moi qui épousais toute son âme, j'essayais souvent de lui parler le langage, bon aux cœurs brisés, mais le sien plus fier n'était ouvert à aucune consolation. Son chagrin la rendait plus hautaine, plus capricieuse, plus despotique. Elle me repoussait et me blessait en me repoussant. La colère, si prête à jaillir de toute passion sincère, me prenait et appelait la sienne. L'injustice des êtres aimés fait tant de mal ! Des scènes cruelles avaient lieu alors..... Ah ! si je l'avais moins aimée, j'aurais pu me dompter peut-être, mais je l'aimais tant que c'était impossible ! Je la retrouvais tout ce qu'elle avait été au début de notre amour. Elle me reparaissait dure, entêtée, folle, tout ce que j'avais exécré déjà ; et l'idée qu'elle était tout cela, et que pourtant elle était la maîtresse absolue de mon âme, qu'elle avait la puissance de soulever mon âme, me rendait insensé à mon tour et presque féroce. Je lui disais de ces mots amers, aiguisés, empoisonnés par la haine, car en ces moments-là, je la haïssais !... J'apprenais à quel point, dans les malheureuses âmes humaines, la haine est voisine de l'amour ! J'allais jusqu'à souhaiter sa mort, affreux délire ! et certainement je l'aurais tuée si j'avais eu une arme aux mains. Une autre femme, sûre de son empire, qui aurait vu, comme elle, à quel degré elle pouvait m'égarer, en eût peut-être été touchée, et m'eût désarmé par un mot, par un geste, par un de ces défis qui ont tant de grâce parce que la certitude d'être aimée y brille et les dicte! Mais elle, non! Elle semblait au contraire se replier davantage sur soi-même, tendre davantage en avant son front proéminent, noir, abruti, fermé à tout, à l'amour, à la pitié, à la raison, à tout ce qui régit les créatures sensibles et intelligentes! Pour ne pas me porter à quelque excès funeste, je m'éloignais, je la quittais épuisé de rage, abattu, démoralisé! Je me promettais une longue rancune... et quand je rentrais, la voyant la même, froncée, silencieuse, vindicative, froide pour rallumer ma colère; mettant dans la cruauté de sa bouderie la profondeur d'une vendette corse; quand je me disais qu'après tout, j'étais l'homme, c'est-à-dire, le plus fort des deux ; celui qui devait revenir de plus loin et pardonner le plus vite, je lui prenais ses tempes muettes dans mes deux mains, il fallait que je la rejetâsse dans l'abîme sans fond des caresses, pour qu'elle y perdît ses ressentiments !

« Et elle les y perdait, marquise! Toute cette haine se fondait dans ce feu... Mais un jour ou l'autre, l'amour vient à mourir dans ces jeux terribles. Il tombe mutilé dans ces batailles de deux cœurs; il se relève quelque temps pour tomber plus mutilé encore, mais un jour, il ne se relève plus. Marquise, on n'analyse pas près de sept années, heure par heure, et d'ailleurs j'ai hâte d'abréger ce récit que vous m'avez demandé. Fût-ce uniquement la bizarre amertume que la mort de notre enfant versa dans l'âme de Vellini qui fut fatale à notre amour, ou le temps fit-il seulement son travail ordinaire dans nos cœurs? Toujours est-il que la passion d'abord éprouvée, la passion exclusive, absorbante, commença bientôt de faiblir. Nos caractères, après s'être touchés si rudement, s'envenimèrent. Nous vîmes en dehors de nous, au-delà de cette intimité qui allait ne plus nous suffire, une vie, un intérêt, des jouissances, auxquelles nous n'avions pas pensé jusque là. Depuis deux ans, surtout, et pendant la grossesse de Vellini, cette disposition de fatigue et d'aspiration ennuyée vers un changement quelconque s'était marquée davantage. Aujourd'hui elle éclatait autant en Vellini qu'en moi. Mais femme, elle n'en convenait pas vis-à-vis d'elle-même : car les femmes ont peur et le cœur leur défaille quand il faut jeter la dernière pelletée de terre sur un amour expiré et dire comme Pascal : En voilà pour jamais ! On n'aime plus qu'on s'embrasse encore ; qu'on n'ose s'avouer qu'on ne s'aime plus. Nous étions revenus à Paris, plus lassés de nous, l'un et l'autre, que d'avoir si longtemps voyagé. Quant à moi surtout, je ne rapportais pas une illusion sur le compte de cette femme qui en avait empli mon âme. L'avais-je admirée autrefois? Maintenant je voyais ses défauts sans compensation. Je ne les admirais plus et j'en souffrais. Vous le savez, marquise, dans les commencements de notre amour, j'avais parfois trouvé charmant tout ce qu'elle avait d'intraitable. Elle me donnait les plaisirs d'imagination que recherchent les poètes et les anxiétés aimées des joueurs. Avec elle et subjugué comme je l'étais, je me sentais toujours bondir au cœur un peu de l'émotion avec laquelle joûtait l'âme de Jean-Bart quand il allumait fièrement sa pipe sur un tonneau de poudre défoncé. A chaque minute qui passait, à chaque baiser, j'avais à craindre une brouillerie et une brouillerie éternelle, car je ne dominais pas assez cette capricieuse tête de fer pour qu'elle ne s'arrachât pas à ce qu'elle appelait quelquefois mon joug. J'avais entendu parler à des officiers français du genre de bonheur qu'ils goûtèrent, — lors de la guerre de 1809, en Espagne, — dans les bras de ces Espagnoles acharnées qui, la veille, leur envoyaient des balles et qui devaient leur en envoyer le lendemain... et j'avais senti quelque chose de cela... A présent, j'étais blasé sur ce genre d'émotion. Je n'y étais plus accessible. D'un autre côté, pendant longtemps aussi elle avait été jalouse et son extravagante jalousie avait produit les luttes les plus vives entre nous. J'avais contemplé bien souvent avec un plaisir orgueilleux et tendre ces absurdes illusions d'un être adoré à qui je pouvais sans mentir jurer et répéter que j'étais fidèle. Maintenant, ces jalousies m'irritaient sans m'intéresser. Ah! c'était la fin de notre amour, marquise! Mais le croirez-vous? de cet amour expirant, il restait quelque chose de vivant encore. Ce qui périt le premier chez les autres devait en nous ne pas mourir. Par une prodigieuse exception à la règle commune, ce qui subsistait autant qu'à l'origine de notre liaison, c'était l'influence embrâsée qui nous enveloppait toujours, malgré le détachement de nos âmes. Ni la lutte de deux volontés qui s'exaltaient en se résistant, ni les blessures faites, l'un à l'autre, ni l'imagination déprise de tout ce qui l'avait charmée, ni la possession incontestée qui tue plus d'amours que le désespoir, rien n'avait détruit cet inexplicable empire dont le secret n'était pas dans nos cœurs. Éternellement, nous sentions sur nous les mailles de flamme de l'invisible réseau. Il y avait là plus que les impressions du passé, ces souvenirs et ces habitudes, merveilleux anneaux de toutes les chaînes de la vie. Il y avait là... que sais-je? J'ai parfois pensé, à un phénomène que la Science seule devait expliquer. La fierté d'un homme essuie, comme elle peut, les âpres rougeurs de la honte. Marquise j'étais honteux de cela. Quand j'étais loin de Vellini, je me reprochais cette faiblesse. Je me promettais de résister davantage à des désirs que l'amour ne consacrait plus. Mais sa présence emportait mes résolutions dans ce torrent de brûlantes effluves qui s'échappaient de ce corps tant de fois étreint, source de voluptés inépuisables! Je l'ai vu souvent..... même, alors, quand l'amour blessé ne sauvait plus l'indignité de nos violences, au sortir d'une scène acharnée (et pour les motifs les plus frivoles), elle s'en venait tourner autour de moi avec son regard luisant et étrange et ses mouvements de jeune jaguar, et nous recommencions d'oublier dans une impérissable ivresse que nous avions depuis longtemps, hélas! cessé de nous aimer!

« C'est à cette toute-puissante présence

que je résolus d'échapper. Dans le monde, au club, avec mes amis, je me retrouvais tout entier. Je me reconquérais homme ; je jugeais nettement ma situation. Je la dominais. Elle m'impatientait et m'humiliait également. Ce n'était plus à mes yeux qu'un mauvais ménage, avec la faculté de divorcer. Je me serais moqué de moi-même, si je n'avais pas usé de cette faculté.

« Écoutez, Vellini, — lui dis-je un soir, — le soir d'une journée qui avait été assez douce, car je ne voulais pas qu'elle se méprît et qu'elle pût croire à une décision irréfléchie et colère, — voilà plus de six ans que nous vivons ensemble comme mari et femme. Partout où je suis allé, je vous ai emmenée avec moi. Vous avez été autant mon compagnon que ma maîtresse. A ces six ans d'une pareille vie, dans ce tête-à-tête incessant, notre amour a dû mourir sous l'excès même de son bonheur. Vous le savez bien, vous qui avant de m'aimer, connaissiez déjà les passions et qui élevée librement au soleil d'Espagne, avec du sang mauresque plein les veines, n'avez eu jamais dans la tête ces idées d'un amour éternel qui créent, malgré la nature, de faux devoirs de cœur aux femmes... notre amour était mortel comme tous les amours et nous avions pris le moyen de le tuer plus vite par ces accablantes jouissances, toujours cherchées et toujours mises à la portée de notre main. La passion qui nous transportait a fait de nous de vrais sauvages. L'intimité a été la hache avec laquelle nous avons abattu l'arbre pour manger le fruit. C'est maintenant contre nous que nous l'avons tournée. Pourquoi ne pas nous épargner ces cruelles et fréquentes blessures, et puisque nous ne sommes plus heureux ensemble, pourquoi ne pas nous séparer? —

Elle m'écoutait avec cette impassibilité

qui rend toute pitié inutile. Elle était assise, — je me le rappelle comme si c'était hier — contre le piédestal d'un vase de marbre rose que j'avais rapporté de Venise. Elle fumait languissamment son cigarro, la bouche muette, les yeux nonchalants, les bras entre-croisés sur sa poitrine de jeune Dieu antique, la tête penchée sur son épaule, couverte du flot de chenille écarlate qui ruisselait d'un bonnet grec, posé avec crânerie sur son front bombé et qui lui donnait l'air d'un Icoglan encore plus que d'une Odalisque. Je m'efforçais de plonger et de voir en son âme, mais ni pâleur ni rougeur ne traversa sa peau orange. J'eus peur cependant d'être trop dur pour elle et j'ajoutai :

« — Si notre enfant avait vécu, Vellini, c'eût été un lien indissoluble. Je ne parlerais pas de nous quitter. Mais Dieu lui-même semble avoir pris soin de nous rendre libres. Rien ne nous fait plus un devoir de rester les mains unies, lorsque nos cœurs se sont détachés.

« — Quand vous voudrez, je partirai, — dit-elle. —

« Sa fierté contenait sa violence.

« — Non, — repris-je, — pas ainsi, pas quand je voudrai. Je vous prends pour juge de ce qu'il faut faire. Est-ce que cette vie agitée, tourmentée, tour à tour opprimée et oppressive, peut remplacer la vie que nous avons savourée six ans?... Vous êtes une âme trop passionnée et trop grande pour accepter cela, Vellini. Avec les exigences de votre caractère, la fougue de cœur que je vous connais, vous ne pouvez vous ravaler jusqu'à ce mariage au petit pied, sans dignité et sans amour. —

« Je cessai de parler. Ce que j'avais dit ne pinçait pas la fibre cachée qui, d'ordinaire, tressaillait en elle, comme la poudre éclate.

« Elle garda sa pose molle et son regard plein de morbidezze.

« — Quelle est la femme du monde, Ryno, dit-elle, qui demande que vous ne viviez plus avec Vellini ?

« — Ah ! il n'y en a pas, — répondis-je avec une émotion qui lui donna un beau sourire, car elle venait de m'insulter presque autant qu'elle-même par ce soupçon que je dissipais. — J'aimerais une femme comme je vous ai aimée, Vellini, que je ne vous sacrifierais pas à sa vanité ou à sa haine. Ces six ans ont laissé un sillon d'or dans ma pensée et jamais personne ne m'en flétrira le souvenir.

« — Je ne le croyais pas non plus, — dit-elle, en me tendant la main. — Pardonnez-moi ce mot que je ne me repens pas d'avoir dit pourtant, puisqu'il vous a fait me donner une telle assurance. —

« Je lui pris la main et je m'assis près d'elle sur l'espèce de causeuse qu'elle occupait.

« — Nous ne nous aimons donc plus ? — dit-elle d'une voix et d'un air sombres.

« — Ma pauvre enfant, lui répondis-je, vous le savez aussi bien que moi que nous ne nous aimons plus ! C'est écrit jusque sur votre front. L'ennui vous accable. Rien ne vous tire de dessous... Moi, je sors, (autrefois je ne sortais pas ainsi) je dépense mon activité dans les mille soins de la vie d'un homme. Mais vous qui restez seule à la maison, je vous retrouve un peu plus accablée, un peu plus morne à mon retour qu'à mon départ. Quand je rentre, vous ne m'interrogez pas sur mon absence. Autrefois vous étiez inquiète, défiante, jalouse. Maintenant non. S'il y a entre nous des violences, ce n'est plus que pour des motifs en dehors de l'amour. Contradictions qui se rencontrent dans toutes les existences partagées! c'est douloureux et c'est vulgaire comme tout ce que la passion n'anime et ne consacre plus!

« — *Es verdadero!* — répondit-elle avec une triste effusion.

« — Eh bien! repris-je : séparons-nous. C'est le seul moyen d'en finir noblement avec ces misères. Vous avez toujours été sincère. Vous ne ressemblez pas à votre sexe. Vous n'êtes point une créature faible qui ment. Séparons-nous! nous resterons amis. Si nous aimons d'amour encore, cela ne nous empêchera point de nous donner la main comme maintenant, sans crainte et sans honte. Nous ne nous serons jamais trompés. —

« Marquise, j'avais enfin trouvé la fibre, la fibre immortelle! — Cette façon ouverte, hardie, presque chevaleresque de se séparer, tenta cette âme vaillante et vraie. Un généreux éclair sortit de ses yeux indolents.

« — Vous dites bien, quittons-nous, s'écria-t-elle; je partirai demain, Ryno. —

« Le singulier enthousiasme qui la fit se redresser près de moi, vibrante et vivante, lui attachait comme un bandeau d'étoiles autour de son bonnet grec écarlate. Elle retrouva un de ces moments d'éclat subit et fascinateur qui la font ce qu'elle est, marquise, une femme d'un prestige incompréhensible à qui ne l'a pas vue ainsi; à qui, comme vous, ne la connaît pas. Elle rejeta son cigarre avec un geste d'une résolution presque sublime, et elle l'éteignit sous son pied, comme si c'eût été la dernière torche de l'amour qu'elle eût éteinte.

« J'eus un tort, marquise, mais je l'admirais; l'admiration pétillait encore sur les ruines et les cendres de l'amour et allait en faire ressortir un jet de la flamme étouffée et morte. J'eus tort, je m'en confesse à vous, mais je ne pus m'empêcher de lui dire :

« — Je voudrais te sculpter comme te voilà, Vellini ! —

« Certainement, je le lui disais comme le lui eût dit un artiste, mais que faut-il pour réveiller l'instinct tentateur qui dort si peu au cœur des femmes ?... Avec Vellini plus qu'avec personne ; avec ce naturel ardent, ignorant et presque sauvage, tout accent idolâtre appelait la caresse. Le vertige nous reprit, nous roula aux bras l'un de l'autre, et le cœur plein de la ferme résolution de nous quitter, nous ressuscitâmes encore, sans l'amour, la plus folle des heures de notre amour ; les éperdûments devant lesquels les plus beaux sentiments de la vie peuvent se tenir vaincus par des sensations. Comme la veuve du Malabar qui se brûle avec ses trésors, sur le bûcher de son mari, nous nous engloutîmes dans cette dernière et flamboyante heure de plaisir! Au moment de nous séparer, nous jetâmes au Passé cet adieu brûlant; nous bûmes à son honneur cette dernière coupe. »

— C'était le coup de l'étrier; — interrompit la marquise, avec l'audace d'une vieille d'esprit qui marcha sur un talon rouge. — Quand Bassompierre quitta la Suisse, il but dans sa botte à l'écuyère à la santé des Treize cantons. » —

FIN DU PREMIER VOLUME.

TABLE

CHAP. I. Un Thé de Douairières. 5

II. Ipromessi Sposi. 35

III. Un ancien cavalier-servant. 73

IV. Une maîtresse-sérail. 39

V. Les Adieux. 109

VI. La curiosité d'une Grand'Mère. 135

VII. Une variété dans l'amour. 171

VIII. Sang pour sang. 247

IX. L'égoïsme à deux. 285

Imp. de E. Dépée à Sceaux (Seine)

Rue de la Harpe, N° 32, à Paris.

LIBRAIRIE

DE

ALEXANDRE CADOT

ÉDITEUR

De MM. Alexandre Dumas, Eugène Sue, Gondrecourt, Marquis de Foudras, Alexandre Dumas fils, Xavier de Montépin, Sophie Gay, Paul Féval, Mme Charles Reybaud, G. de La Landelle, André Thomas, etc.

Avril 1851.

NOUVEAUTÉS SOUS PRESSE.

Partie et revanche, par MAXIMILIEN PERRIN . . . . 2 vol.
Histoire d'une Colombe, par ALEXANDRE DUMAS . . . 2 vol.
Madeleine repentante (suite du *Caprice*), par LE MARQUIS DE FOUDRAS . . . . 4 vol.
Diane et Vénus, par LE MÊME . . . . 4 vol.
Mignonne (*suite de Pivoine*), par XAVIER DE MONTÉPIN. . . 5 vol.
Le Vicomte Raphaël (*Suite du Bohême*), par LE MÊME. 2 vol.
L'Avarice et la Gourmandise, par EUGÈNE SUE . . 4 vol.
L'Institutrice, par LE MÊME . . . . 4 vol.
Nelly, par AMÉDÉE ACHARD . . . . 2 vol.
Sydonie, par Mme CHARLES REYBAUD. . . . . 2 vol.
Le Morne aux Serpents; par LA LANDELLE. . . . . 2 vol.
Les Drames de Province, par ANDRÉ THOMAS. . . . 4 vol.

NOUVEAUTÉS.

	in-8.	fr.	c.
La Fée des Grèves, par PAUL FÉVAL (*terminé*). .	5 vol.	15	50
Ange Pitou, par ALEXANDRE DUMAS (tomes 1 à 4). . .		20	»
Le Brelan de Dames, par X. DE MONTÉPIN (terminé).	4 vol.	18	»
Le Trou de l'Enfer, par ALEXANDRE DUMAS (terminé).	4 vol.	20	»
Dieu Dispose, par ALEXANDRE DUMAS tomes 1 et 2, (il y aura 5 vol.).		10	»
Les Ouvriers de Paris, par ANDRÉ THOMAS . . .	4 vol.	18	»

	in-4.	fr.	c.
Une vieille Maîtresse, par Jules Barbey d'Aurevilly (terminé)	3 vol.	13	50
Le Véloce, par Alexandre Dumas, *ouvrage orné de gravures*. (terminé)	4 vol.	20	»
Le bout de l'Oreille, par A. de Gondrecourt (en vente 1 à 4)	7 vol.	31	50
Le Légataire, par A. de Gondrecourt (terminé)	2 vol.	9	»
Le Capitaine La Curée, par le Marquis de Foudras (terminé)	4 vol.	18	»
Le Loup noir, par Xavier de Montépin	2 vol.	9	»
La Dame aux Camélias, par Dumas fils. (in-18)	1 vol.	5	»
Les Enfants de l'amour, par Eugène Sue	4 vol.	20	»
Les Belles de Nuit, par Paul Féval	8 vol.	40	»
Tristan-le-Roux, par Alexandre Dumas fils	3 vol.	13	50
François le Champi, par George Sand	2 vol.	10	»
Les Iles de Glace, par G. de La Landelle	4 vol.	18	»
Un Capitaine de Beauvoisis, par le marquis de Foudras	4 vol.	18	»
Louis XV, par Alexandre Dumas (*inédit*)	5 vol.	25	»
Un caprice de grande dame, par le marquis de Foudras (*épuisé*)	3 vol.	18	»
Les Mille et un Fantômes, par A. Dumas	2 vol.	10	»
Les Mariages du père Olifus, par le Même	5 vol.	25	»
Les Officiers du roi, par J. de Saint-Félix	2 vol.	8	»
Confessions d'un Bohême, par Xavier de Montépin (*inédit*)	5 vol.	22	50
Le Dernier colonel, par J. de Saint-Félix	2 vol.	8	»
La Régence, par Alexandre Dumas (*inédit*)	2 vol.	10	»
Jacques de Brancion, par le marquis de Foudras	5 vol.	22	50
La Luxure, **La Paresse**, par Eugène Sue	4 vol.	20	»
Le Collier de la Reine, par Alexandre Dumas	11 vol.	55	»
La Chasse royale, par Amédée Achard	7 vol.	31	50
Hélène, par Madame Charles Reybaud	2 vol.	9	»
Une Haine à Bord, par G. de La Landelle	2 vol.	9	»
Louis XVI, par Alexandre Dumas (*inédit*)	5 vol.	25	»
La Femme au collier de velours, par Alexandre Dumas	2 vol.	10	»
Le Mari confident, par Sophie Gay (*inédit*)	2 vol.	9	»
Histoire du mont Saint-Michel, par Fulgence-Girard	1 vol.	4	50
Le Roi des Ménétriers, par Élie Berthet	3 vol.	13	50
Fiancés de la Mort, par le vicomte d'Arlincourt	1 vol.	5	»
La Marchande du Temple, par Maximilien Perrin	2 vol.	8	»
La Roche tremblante, par Élie Berthet	2 vol.	9	»
Un Mariage de Prince, par H. de Saint-Georges	2 vol.	9	»
Aventures de Saturnin Fichet, par F. Soulié, tomes 7, 8, 9 et derniers	3 vol.	15	»

	in-8.	fr.	c.
Deux Trahisons, par Auguste Maquet	2 vol.	9	»
L'Étang de Précigny, par Élie Berthet	3 vol.	13	50
La Famille Récourt, par madame de Bawr	2 vol.	9	»
Le Roman d'une femme, par Alexandre Dumas fils	4 vol.	18	»
Pivoine, par Xavier de Montépin (suite aux *Chevaliers du Lansquenet*)	2 vol.	9	»
Les Amours d'un Fou, par Xavier de Montépin (*inédit*)	4 vol.	18	»
Les Viveurs d'autrefois, par le marquis de Foudras et Xavier de Montépin	4 vol.	18	»
Un Ami diabolique, par A. de Gondrecourt	3 vol.	13	50
Les Gentilshommes chasseurs, par le marquis de Foudras	2 vol.	9	»
Le Docteur Servans, Par A. Dumas fils	2 vol.	9	»
Édouard Mongeron, par Louis Reybaud	5 vol.	20	»
La Colère, par Eugène Sue	2 vol.	8	»
Aventures du trompette Escoffier en Afrique	2 vol.	8	»
Le Foyer de l'Opéra, tomes 9 à 12 (fin), contenant **l'Amazone**, par A. Dumas	4 vol.	16	»
La Comtesse de Salisbury, par A. Dumas	6 vol.	30	»
Le Château d'Auvergne, par Élie Berthet	2 vol.	8	»
Confessions de Marion Delorme, par Méry	4 vol.	18	»
Le Cadet de Colobrières, par madame Charles Reybaud	2 vol.	8	»
Un Mariage pour l'autre monde, par Michel Masson	3 vol.	12	»
Un Mariage de finance, par Mme de Bawr	2 vol.	9	»
La Maison de Paris, par Élie Berthet	3 vol.	13	50
La Fille du Cabanier, par le même	2 vol.	9	»
Paul Duvert, par le même	2 vol.	9	»
La Ferme de l'Oseraie, par le même	2 vol.	9	»
L'Ami du Château ou le **Chevalier de Clermont**, par Élie Berthet	2 vol.	8	»
La Tache de sang, par le vicomte d'Arlincourt	5 vol.	20	»
Catherine, par Jules Sandeau	2 vol.	10	»
La Servante Maîtresse, par le même	2 vol.	8	»
Ma vieille Tante, par le même	2 vol.	8	»
Les vrais Mystères de Paris, par Vidocq	7 vol.	35	»
Les deux Marguerite, par Mme Ch. Reybaud	2 vol.	8	»
Picciola, par Saintine	1 vol.	4	»
Le Magnétiseur, par Frédéric Soulié	2 vol.	8	»
Les deux Cadavres, par le même	2 vol.	8	»
Pauline et Pascal Bruno, par A. Dumas	2 vol.	8	»
Le Capitaine Paul, par le même	2 vol.	8	»

ALEXANDRE DUMAS.

	in-8.	fr.	c.
Ange Pitou	8 vol.	40	»
Dieu dispose	5 vol.	25	»
Le Trou de l'enfer	4 vol.	20	»
La Femme au collier de velours	2 vol.	10	»
Louis XVI	5 vol.	25	»
Les Mariages du Père Olifus	5 vol.	25	»
Le Collier de la Reine	11 vol.	55	»
Louis XV	5 vol.	25	»
La Régence	2 vol.	10	»
Mille et un Fantômes	2 vol.	10	»
Le Véloce	4 vol.	20	»
Mémoires d'un Médecin et Césarine	20 vol.	100	»
Les Quarante-Cinq	10 vol.	50	»
La Comtesse de Salisbury	6 vol.	30	»
Tomes 3, 4, 5, complètant la 1re édition	3 vol.	15	»
Les deux Diane	10 vol.	50	»
Le Bâtard de Mauléon	9 vol.	45	»
Le Chevalier de Maison-Rouge	6 vol.	30	»
Une Fille du Régent	4 vol.	20	»
Louis XIV et son siècle	9 vol.	45	»
Quinze jours au Sinaï	2 vol.	5	»
Jacques Ortis	1 vol.	2	50

ALEXANDRE DUMAS FILS.

Tristan le Roux	3 vol.	18	»
Le Roman d'une Femme	4 vol.	18	»
Le Docteur Servans	2 vol.	9	»
Césarine	1 vol.	4	50
Dame au Camélias	1 vol.	3	»
Aventures de quatre Femmes	6 vol.	27	»

EUGÈNE SUE.

Les Enfants de l'Amour	4 vol.	20	»
L'Orgueil	6 vol.	24	»
La Colère	2 vol.	8	»
La Luxure / **La Paresse**	4 vol.	20	»

MARQUIS DE FOUDRAS.

Un Caprice de grande Dame (*épuisé*)	3 vol.	18	»
Un Capitaine de Beauvoisis	4 vol.	18	»
Jacques de Brancion	5 vol.	22	50
Les Viveurs d'autrefois	4 vol.	18	»
Les Chevaliers du Lansquenet (En collaboration de Xavier de Montépin).	10 vol.	45	»
Les Gentilshommes chasseurs	2 vol.	9	»
Lord Algernon (*suite à madame de Miremont*)	4 vol.	18	»
Madame de Miremont	2 vol.	9	»
La Comtesse Alvinzi	2 vol.	9	»
Lilia la Tyrolienne (*épuisé*)	4 vol.	22	»
Tristan de Beauregard (*épuisé*)	4 vol.	22	»

GONDRECOURT.

Le Bout de l'Oreille	7 vol.	31	50
Le Légataire	2 vol.	9	»

	in-8.	fr.	c.
Un Ami diabolique	3 vol.	13	50
Les Péchés Mignons.	5 vol.	22	50
Médine	2 vol.	9	»
La marquise de Candeuil	2 vol.	9	»
Les derniers Kerven	2 vol.	9	»

XAVIER DE MONTÉPIN.

Brelan de Dames	4 vol.	18	»
Le Loup noir.	2 vol.	9	»
Confessions d'un Bohême	5 vol.	22	50
Les Amours d'un Fou	4 vol.	18	»
Pivoine (*suite des Chevaliers du Lansquenet*) . .	2 vol.	9	»
Les Viveurs d'autrefois	4 vol.	18	»
Les Chevaliers du Lansquenet. . . . . . (En collaboration du marquis de Foudras).	10 vol.	45	»

A 3 francs le volume in-8.

Daniel le lapidaire.	Par MICHEL RAYMOND.	4 vol.
Piquillo Alliaga, *ou les Maures en Espagne.*	Par E. SCRIBE.	11 vol.
Le Piccinino.	Par GEORGE SAND.	5 vol.
Le Meunier d'Angibaut.	»	5 vol.
Lucrezia Floriani.	»	2 vol.
Teverino.	»	2 vol.
Valcreuse.	Par JULES SANDEAU.	3 vol.
Fernand.	»	1 vol.
Milla et Marie.	»	2 vol.
Mariana.	»	2 vol.
Vaillance et Richard	»	1 vol.
Le Docteur Herbeau.	»	2 vol.
Mademoiselle de la Tour-du-Pin.	Par la C^{esse} D'ASH.	2 vol.
Madame la princesse de Conti.	»	2 vol.
La Poudre et la Neige.	»	2 vol.
Le château de Pinon.	»	2 vol.
Le comte de Sombreuil.	»	2 vol.
Les Bals masqués.	»	2 vol.
La marquise de Parabère.	»	2 vol.
Le Fruit defendu.	»	4 vol.
La Chaîne d'or.	»	1 vol.
Madame de la Sablière.	»	1 vol.
L'Ecran.	»	1 vol.
Madame Louise de France.	»	1 vol.
Le Jeu de la Reine.	»	2 vol.
Mikaël le Moldave	»	2 vol.
Corricolo.	Par ALEXANDRE DUMAS.	4 vol.
Sylvandire	»	3 vol.
Le Capitaine Pamphile.	»	2 vol.
La Villa Palmiéri	»	2 vol.
Acté.	»	2 vol.
Jehanne la Pucelle.	»	1 vol.
Filles, Lorettes et Courtisanes.	»	1 vol.
Ascanio.	»	5 vol.

Aventures de John Davys.	»	4 vol.
Georges.	»	3 vol.
Le Maître d'armes.	»	3 vol.
Nouvelles Impressions de Voyage	»	3 vol.
Cécile.	»	2 vol.
Une année à Florence.	»	2 vol.
Othon l'archer.	»	1 vol.
Maître Adam le Calabrais.	»	1 vol.
Le Comte de Toulouse.	Par Frédéric Soulié.	2 vol.
Château de Saint-Germain.	Par Charles Reybaud.	2 vol.
Pierre.	»	2 vol.
Clotilde.	Par Alphonse Karr.	2 vol.
Un Sanglant Héritage.	Par Jules Lacroix.	2 vol.
Le Solitaire.	Par d'Arlincourt.	1 vol.
Les sept Baisers de Buckingham.	Par E. Gonzalès.	2 vol.
Les Francs Juges.	»	2 vol.
Un Gentilhomme d'Aujourd'hui.	Par de Lavergne.	3 vol.
La Princesse des Ursins.	»	2 vol.
Le dernier Seigneur de village. / **Le Secret de la confession.**	»	2 vol.
La Circassienne.	»	3 vol.
La Grisette parvenue.	Par Maximilien Perrin.	2 vol.
L'Ouvrier Gentilhomme.	»	2 vol.
Le Mari de la Comédienne.	»	3 vol.
La Fille de l'Invalide.	»	2 vol.
L'Ami de la Maison.	»	2 vol.
La Fille d'une Lorette.	»	4 vol.
Le Garde Municipal.	»	2 vol.
La Demoiselle de la Confrérie.	»	2 vol.
L'Amant de ma Femme.	»	2 vol.
L'Amour et la Faim.	»	2 vol.
Vierge et Modiste.	»	2 vol.
François les Bas-Bleus.	»	2 vol.
Cœur de Lièvre.	»	2 vol.
Le Médecin de la Cité.	»	2 vol.
L'Enfant de trente-six Pères.	»	2 vol.
Les Flavy.	Par Madame de Bawr.	2 vol.
Une Femme compromise.	Par Molé-Gentilhomme.	2 vol.
Juif Errant.	Par Eugène Sue.	10 vol.
Martin l'Enfant trouvé.	»	12 vol.
Mystères de Paris.	»	10 vol.
Mathilde.	»	6 vol.
Arthur.	»	4 vol.
Le Morne au Diable.	»	2 vol.
Thérèse Dunoyer.	»	2 vol.
Paula Monti.	»	2 vol.
Le Commandeur de Malte.	»	2 vol.
Atar-Gull.	»	2 vol.
La Salamandre.	»	2 vol.
Latréaumont.	»	3 vol.
La Coucaratcha.	»	3 vol.
Le Marquis de Létorière.	»	1 vol.
Plick et Plock.	»	1 vol.
Lélia.	Par Georges Sand.	3 vol.
Pauline.	»	1 vol.
Simon.	»	1 vol.
Leone-Leoni.	»	1 vol.
Le Secrétaire intime.	»	1 vol.

A 2 francs le volume in-8.

Les Grotesques.	Par Théophile Gautier.	2 vol.
Une Larme du diable.	»	1 vol.
La Comédie de la mort.	»	1 vol.
Les Roués innocents.	»	1 vol.
Militona.	»	2 vol.
Madeleine.	Par Paul de Kock.	2 vol.
Mon Voisin Raymond.	»	2 vol.
Ce Monsieur.	»	2 vol.
Gustave.	»	2 vol.
La Pucelle de Belleville.	»	2 vol.
Le Barbier de Paris.	»	2 vol.
Un bon Enfant.	»	2 vol.
Georgette.	»	2 vol.
L'Enfant de ma Femme.	»	2 vol.
L'Amoureux transi.	»	2 vol.
Sœur Anne.	»	2 vol.
L'Homme de la Nature.	»	2 vol.
André le Savoyard.	»	2 vol.
Frère Jacques.	»	2 vol.
Zizine.	»	2 vol.
La Femme, le Mari et l'Amant.	»	2 vol.
Le Tourlourou.	»	2 vol.
Le Cocu.	»	2 vol.
Chipolata.	»	2 vol.
La Maison Blanche.	»	2 vol.
Moustache.	»	2 vol.
Un jeune homme charmant.	»	2 vol.
Monsieur Dupont.	»	2 vol.
Jean.	»	2 vol.
Laitière de Montfermeil.	»	2 vol.
Ni Jamais ni Toujours.	»	2 vol.
Un Homme à marier.	»	2 vol.
Un Mari perdu.	»	2 vol.
La Famille Gogo.	»	4 vol.
Sanscravatte.	»	4 vol.
Le Fils du Rabbin.	Par H. Berthoud.	2 vol.
Rinaldo Rinaldini, *chef de Brigands.*	»	2 vol.
Une Nuit dans les Bois.	Par Bibliophile Jacob.	2 vol.
Les Parents pauvres.	Par Balzac.	12 vol.
Les Amours de Paris.	Par Paul Féval.	6 vol.
Histoire d'une Grande Dame	Par Jules Lacroix.	2 vol.
Mémoires d'une somnambule.	»	5 vol.
Un mauvais Ange	»	5 vol.
Le Moulin d'Heilly.	Par Roger de Beauvoir.	2 vol.
Le Café de la Régence.	Par A. Houssaye.	2 vol.
Trois sœurs.	»	2 vol.
Madame de Favières.	»	2 vol.
Cric-crac.	Par Édouard Corbières.	2 vol.
Lieutenant et Comédien.	Par E. Marco de St-Hilaire.	2 vol.
Rosas *ou la République orientale.*	Par L. Villeneuve.	2 vol.

A 1 franc le volume in-8.

Le Roi et la Grisette.	Par Lamothe Langon.	2 vol.
Mademoiselle de Valois.	»	2 vol.
Commis et Prince	»	2 vol.

La Nièce du curé	Par LAMOTHE LANGON.	2 vol.
La Dame de comptoir.	»	2 vol.
Un Amour dans le grand monde.	»	2 vol.
Monsieur et Madame.	»	2 vol.
Le Château de Saint Félix.	»	2 vol.
Bonaparte et le Doge.	»	2 vol.
Mon Général, sa Femme et Moi.	»	2 vol.
Cagliostro, *ou l'Intrigant et le Cardinal.*	»	2 vol.
Reine et Soldat.	»	2 vol.
La Cloche des Trépassés.	»	2 vol.
La Statue de la Vierge.	par AUGUSTE RICARD.	2 vol.
Jadis et Aujourd'hui.	»	2 vol.
Ma Petite sœur.	»	2 vol.
Ni l'un ni l'autre.	»	2 vol.
La Chaussée-d'Antin.	»	2 vol.
Les Vieux péchés.	»	3 vol.
Le tome 3 se vend séparément.		
Chroniques des Tuileries et du Luxembourg.	Par TOUCHARD LAFOSSE	6 vol.
Le Caporal Werner.	»	2 vol.
Les Amours d'un Poëte.	»	2 vol.
Deux faces de la vie.	»	2 vol.
Rodolphe ou **A moi la Fortune.**	»	2 vol.
Marthe la Livonienne.	»	2 vol.
Le bosquet de Romainville.	»	2 vol.
Sombre histoire.	Par MORTONVAL.	2 vol.
Fauvella.	Par H. BONNELIER.	2 vol.
Manoir et Chalet.	»	2 vol.
Le Paradis des femmes.	Par A. DE CALVIMONT.	2 vol.
Les Mères d'Actrices.	Par COUAILHAC.	3 vol.
Le Droit chemin.	Par P. BERNARD.	2 vol.
Georges de Rozières.	Par CARLE LEDHUY.	2 vol.
Une perle dans la mer.	Par DESESSART.	2 vol.
La Chanteuse des rues.	Par RABAN.	2 vol.
Les Mystères du cloître.	Par VILLENEUVE.	2 vol.
La frégate la Belle-Poule.	Par LIGNEAU DE GRANDCOURT.	2 vol.
Le Vieux poëte.	Par PONROY.	2 vol.
Le Margrave des Claires.	Par CASTILLE.	2 vol.
La Jeunesse de Paris.	Par le vicomte DE LOREMBERT.	2 vol.
Avdotia.	Par H. AUGER.	2 vol.
Deux femmes célèbres.	Par LOUISE COLLET.	2 vol.
Le comte d'Entragues.	Par SAINT-MAURICE.	2 vol.
Le Bohémien de Londres.	Par DESESSART.	2 vol.
Le Bord de l'eau.	Par A. BROT.	2 vol.
Souvenirs du maréchal Bugeaud,		2 vol.
Mémoires d'un vicaire de campagne.		1 vol.
Le Protecteur mystérieux.	Par H B.	2 vol.
El Mentidero.	Par VICTOR DUHAMEL.	2 vol.
Un mariage comme il y en a tant.	Par DEBRIT.	1 vol.
Amours d'un Séminariste.	Par PÉAN.	3 vol.
La Rue Quincampoix.	Par A. PAUL.	2 vol.

Imprimerie de E. Dépée, à Sceaux (Seine).

ERRATA

DU PREMIER VOLUME.

Page	12,	ligne	5,	ne présente plus,	LISEZ :	ne présente pas plus.
»	42,	»	19,	quatrevingtsmille,	»	quatre vingt mille.
»	67,	»	13,	dût l'émerveiller,	»	dut.
»	94,	»	20,	la créait,	»	créeait.
»	175,	»	20,	devenr.i,	»	devenir.
»	188;	»	12,	*di partido*,	»	*del partido*.
»	225,	»	10,	de longtems,	»	si longtemps.
»	227,	»	6,	quant,	»	quand.

www.ingramcontent.com/pod-product-compliance
Lightning Source LLC
Chambersburg PA
CBHW070328030726
47505CB00004B/1133
* 9 7 8 2 0 1 9 5 4 4 6 9 0 *